Main Street, Lenox, Mass.

Zwanzig Tage mit Julian und Little Bunny

Umschlaggestaltung: BoutiqueBrutal.com
Druck & Bindung: GGP Media GmbH, Pößneck
ISBN 978-3-99027-252-7

NATHANIEL HAWTHORNE

Zwanzig Tage mit Julian und Little Bunny

aus dem Amerikanischen übersetzt und mit Anmerkungen von Alexander Pechmann

JUNG
UND
JUNG

Lenox, Montag, 28. Juli 1851

Um sieben Uhr vormittags machten sich meine Frau, E. P P., Una und Rosebud auf den Weg und überließen Julian und mir die Herrschaft über das rote Häuschen. Die erste Bemerkung, die der alte Gentleman dazu machte, war: »Vater, ist es nicht schön, dass das Baby fort ist?« Sein vollkommenes Vertrauen, dass ich dieses Gefühl teile, war überaus eigenartig. »Warum ist das schön?«, fragte ich. »Weil ich jetzt so laut schreien und kreischen kann, wie ich will!«, antwortete er. Die nächste halbe Stunde erprobte er seine Lungen nach Herzenslust, und darüber riss fast das Himmelszelt entzwei. Dann trommelte er auf einer leeren Kiste und schien großes Vergnügen an dem Krach zu haben, den er machte. Im Verlauf des Vormittags fiel er jedoch in einen tiefen Tagtraum und wirkte sehr nachdenklich. Ich fragte ihn, woran er denke, und er sagte: »Oh, daran, dass Mama fortgegangen ist. Ich mag nicht von ihr getrennt sein«, und dann phantasierte er, Pferde zu beschaffen und ihr hinterherzugaloppieren. Er erklärte außerdem, dass er Una gern habe und dass sie ihn nie ärgere. [...]

Ich weiß kaum, wie wir das Vormittagsbad überstanden haben, [...] und [...] [derlei] andere Arten sinnvoller Betätigung. Es ist unmöglich, zu schreiben, zu lesen, zu denken oder auch nur zu schlafen (tagsüber), so beharrlich sind die Forderungen, die er auf diese oder jene Weise an mich stellt; andererseits ist er so ein herzlicher und gutgelaunter kleiner Mann, dass sich unweigerlich ein Vergnügen in all die Störungen mischt.

Am Nachmittag machten wir einen Spaziergang hinunter zum See und amüsierten uns damit, Steine hineinzuwerfen, bis uns die aufziehenden Wolken ermahnten, heimwärts zu gehen. Im Wald, auf halbem Weg nach Hause, überraschte uns ein Regenschauer, und wir setzten uns auf einen alten, verwitterten Baumstamm, während die Tropfen reichlich auf die Bäume über uns prasselten. Er genoss den Schauer und erfreute mich mit einer Vielzahl scharfsinniger Bemerkungen über das Wetter, denn es sei gesagt, dass er eine erstaunliche Meinung über sein eigenes Wissen hat und sich für unvergleichlich klüger und erfahrener hält als seinen Vater. Es blieb den Rest des Tages regnerisch; ich kann mich nicht daran erinnern, dass er später noch hinausging.

Als Spielkameraden im Haus gab es Bunny, der sich als nicht sonderlich interessanter Gefährte erwies und mehr Ärger machte, als er nutzt. Es sollten zwei Kaninchen sein, damit sie gegenseitig ihre bemerkenswerten Eigenschaften wecken – falls sie welche haben. Zweifellos haben sie unter allen Kreaturen, die Gott erschaffen hat, die wenigsten Attraktionen und charakteristischen Vorzüge. Ohne verspielt zu sein, stumm wie ein Fisch, faul, verbringt Bunny sein Leben in einem trägen Halbschlaf mit dem Knabbern an Kleeblättern, Salat, Wegerich, Fuchsschwanz und Brotkrumen. Manchmal wird er tatsächlich von einem kleinen Anfall von Ausgelassenheit gepackt, doch scheint diese nicht spielerisch, sondern nervös zu sein. Bunny hat einzigartige Gesichtszüge – wie die von jemand, den ich getroffen, aber wieder vergessen habe. Sie sind ziemlich imposant und aristokratisch, wenn man sie oberflächlich betrachtet, doch wenn man genauer hinsieht, merkt man, dass sie lächerlich vage sind. Julian schenkt ihm nur sehr wenig Aufmerksamkeit und überlässt mir die ganze Arbeit, Blätter für ihn zu sammeln, ansonsten würde das arme kleine Tier wohl verhungern. Der Gottseibeiuns führt mich heftig in Versuchung, ihn insgeheim zu ermorden, und ich wünsche mir aus ganzem Herzen, dass Mrs. Peters ihn ertränkt.

Julian hatte heute viel Spaß mit meinem Klappmesser, das glücklicherweise stumpf wie eine Hacke ist und das ich ihm zum Schnitzen gegeben habe. So schnitzte er etwas, das er als Boot bezeichnete, und er hat seine Absicht verkündet, einen Zahnstocher für seine Mutter, sich selbst, Una und mich zu fertigen. Er hat den Fußboden des Boudoirs zweimal hintereinander mit Holzspänen übersät und hat solch ein unerschöpfliches Vergnügen daran, dass ich denke, der Verlust von ein oder zwei Fingern wäre dafür ein günstiger Preis.

Um ungefähr halb sieben steckte ich ihn ins Bett und ging zum Postamt, wo ich einen Brief von Mrs. Mann an Phoebe vorfand. Ich hielt mich nicht auf und kam in einem Regenschauer um ungefähr acht nach Hause. Ging ohne jedes Abendessen zu Bett – es war nichts zum Essen da außer halbgebackenem, saurem Brot.

Dienstag, 29. Juli

Um sechs aufgestanden – ein kühler, windiger Morgen mit Sonnenlicht, das durch triste Wolken blinzelte, welche tief zu hängen und auf den Bergkämmen zu ruhen schienen, die unser Tal begrenzen. Ich wusch mich und rief Julian, der übrigens bereits wach war und schon lange, bevor ich mich um ihn kümmern konnte, nach mir gerufen hatte. Er ging mit mir Milch holen und hüpfte und sprang die Straße auf eine Art entlang, die seine gute körperliche Verfassung bewies. Nach dem Frühstück verlangte er sofort das Klappmesser und fuhr fort, Zahnstocher anzufertigen. Als der Tau verdunstet war, gingen wir zur Scheune hinaus und von dort in den Garten. Auf die eine oder andere Weise kamen wir durch den Vormittag, bis halb elf – was die gegenwärtige Tageszeit ist.

Danach widmete er sich dem Kricketspiel, tobte mit gewaltigem Krawall und Geschrei durch das Zimmer und gratulierte sich pausenlos zu der Erlaubnis, so viel Lärm machen zu dürfen, wie er wollte, da das Baby fort war. Er genießt diese Freiheit so sehr, dass ich ihn nicht einschränken möchte, gleich was für einen Krach er macht.

Dann brachten wir Bunny an die frische Luft und setzten ihn ins Gras. Bunny zeigt sich im Freien von der besten Seite. Sein interessantester Wesenszug ist sein ängstliches Gemüt; er ist so schnell und so unablässig in Bewegung wie Espenlaub. Das leiseste Geräusch erschreckt ihn, und man kann seinen Gefühlszustand an der Bewegung seiner Ohren ablesen. Er erschrickt und krabbelt in sein kleines Haus, doch im nächsten Augenblick lugt er schon wieder daraus hervor und beginnt an Grashalmen und Kräutern zu knabbern – um erneut zu erschrecken und sich ebenso rasch wieder zu beruhigen. Manchmal bricht er zu einem hurtigen kleinen Rennen auf, ganz grundlos, wie ein trockenes Blatt, das von einem Windstoß verweht wird. Ich denke nicht, dass diese Ängste Bunny beträchtliche Qualen bereiten, es entspricht seiner Natur, in ihnen zu leben und sie mit jedem Krümel, den er frisst, zu einer Art würziger Soße zu vermischen. Das ist es, was sein Leben aus der Langeweile und der Trägheit empor hebt. Bunny scheint sich im prallen und offenen Sonnenlicht nicht wohl zu fühlen, es entspricht seinem Naturell, Schatten zu suchen – den Schatten eines Gebüschs oder Julians oder meinen. Als die bedeutende Persönlichkeit, die er ist, scheint er der Meinung, dass er sich auf dem Gelände des Hofs in zu großer Gefahr befindet, und nutzt diverse Gelegenheiten, um in Julians Schoß zu klettern. Schließlich gingen wir alle drei ins Haus, da der Nordwestwind heute kühl war – zu kühl für mich, insbesondere wenn eine von tausend regenschweren Wolken die Sonne verdeckte. Dies ist ein schreckliches, ein überaus schreck-li-ches Klima. Man weiß innerhalb von zehn Minuten nicht, ob es zu kühl oder zu warm ist, aber es ist immer entweder das eine oder das andere, und das Ergebnis ist eine elende Störung des Nervensystems. Ich hasse es! Ich hasse es!! Ich hasse es!!! Ich hasse Berkshire von ganzem Herzen und würde mit Freuden zusehen, wie seine Berge eingeebnet werden. Luther und der alte Mr. Barnes reden, als ob dieses Wetter etwas Ungewöhnliches sei. Das mag sein, aber ich bin eher der Meinung, dass ein wechselhafter Zustand der Atmosphäre für eine Berglandschaft typisch ist und dem entspricht, was zu erwarten ist. Auf jeden Fall sei vermerkt, dass mir hier, wo ich auf eine perfekte Gesundheit hoffte, zum ersten Mal bewusst geworden ist, dass ich den Launen der Natur nicht ungestraft gegenübertreten kann.

Seit wir hineingegangen sind, beschäftigt sich Julian erneut mit jenem gesegneten Klappmesser und ist nun am »Schnitzen und Schärfen«, wie er es nennt, und hämmert und führt mit großer Zufriedenheit Selbstgespräche über seine Pläne und Taten.

Nach dem Essen (gegrilltes Lamm für mich und gekochter Reis für Julian) gingen wir hinunter zum See. Auf unserem Weg führten wir Krieg gegen die Disteln, die vielköpfige Drachen und Hydras darstellten, und gegen hochgewachsenes Wollkraut, welches die Riesen vertrat. Einer dieser Letztgenannten leistete so hartnäckig Widerstand, dass mein Spazierstock bei dem Gefecht zerbrach. So stutzte ich ihn zu einer Länge, die zu Julian passte – wobei dieser eine merkwürdige Mischung aus Bedauern über meinen Verlust und Freude über seinen eigenen Gewinn zum Ausdruck brachte. Als wir den See erreichten, grub er überaus beharrlich nach Würmern, um damit einen Fisch zu fangen, aber er konnte keine finden. Dann warfen wir unzählige Steine ins Wasser, um des Vergnügens willen, es aufspritzen zu sehen; ich baute auch ein Boot mit einem Stück Zeitungspapier als Segel und schickte es auf große Fahrt, und wir konnten den Schimmer seines Segels noch lange danach weit draußen auf dem See erkennen. Es war ein wunderschöner Nachmittag – dem Wesen nach herbstlich – mit hellem, warmem, freundlichem Sonnenschein, aber einer Kühle in der Luft, sodass ich mich, obwohl es ziemlich unbequem war, in der Sonne zu sitzen, nach einem kurzen Aufenthalt im Schatten gezwungen fühlte, ins Licht zurückzukehren. Die schweren Wolkengebilde, die über den Himmel krochen, warfen tiefe schwarze Schatten auf die sonnigen Berghänge, was dem Kontrast zwischen der Hitze und der Kühle des Tages einen sichtbaren Ausdruck verlieh. Die Luft war besonders klar, als ob der ganze Dunst in diesen dichten Wolken versammelt wäre. Ferne Gegenstände zeigten sich mit großer Deutlichkeit, und die Bergkette des Taconic war eine dunkelblaue Masse mit sichtbaren Auswüchsen und Unebenheiten – nicht wolkenartig wie sonst oft. Die Sonne lächelte mit sanfter Fülle über den durch den Nordwestwind gekräuselten See.

Auf unserem Heimweg entfachten wir erneut den Krieg mit den Disteln, und sie litten furchtbar in der Schlacht. Julian verfügt über echten Kampfgeist, und er legt sein ganzes Herz in seine Hiebe. Sofort nach unserer Heimkehr verlangte er das Klappmesser, und jetzt peinigt er mich ständig, mir die Großtaten anzusehen, die er damit vollbringt. Gesegnet sei der Mann, der dieses Ding erfand!

Als nächstes gingen wir hinaus und pflückten ein paar Johannisbeeren. Er quasselt pausenlos während all dieser verschiedenen Tätigkeiten und sagt oft eigenartige Dinge, die ich entweder vergesse oder zu wenig begreife, um sie aufschreiben zu können. Unter anderem spekulierte er beim Johannisbeerenpflücken über Regenbögen und fragte, warum man sie nicht Sonnenbögen nenne oder Sonnenregenbögen, und sagte, dass er vermute, ihre Bogensehnen seien aus Spinnweben gefertigt, was auch der Grund sei, warum man sie nicht sehen könne. Einige Zeit später höre ich ihn Poesie rezitieren, mit guter Betonung und gutem Tonfall. Er ist nie schlecht gelaunt oder lustlos und ist gewiss so glücklich, wie der Tag lang ist. Er ist auch recht fröhlich, wenn er allein ist, und wenn ich an seinem Spiel Anteil nehme oder mitspiele, ist es schon fast zu viel und er platzt beinahe vor Lachen und Entzücken.

Der kleine Marshall Butler war gerade hier, um zu fragen, ob »der Vogel« schon angekommen sei. Ich fürchte, er wird uns täglich mit seinen Besuchen beehren, bis er kommt. Ich wünschte wirklich, man hätte ihm den echten Papagei gegeben, welche Fehler er auch immer hatte, denn ich habe selten sosehr unter der Gegenwart einer Person gelitten wie unter jener dieses abscheulichen kleinen Bengels. Julian nahm keine größere Notiz von ihm, wie wenn er nicht da gewesen wäre, sondern fuhr mit seinen Reden und Beschäftigungen fort und zeigte dabei eine Gelassenheit, die ich nur beneiden konnte. Er ignoriert ihn ganz und gar, kein erfahrener Mann von Welt hätte es besser machen können, oder auch nur halb so gut. Nachdem er im Zimmer herumgeschnüffelt und die Spielsachen untersucht hatte, machte Marshall sich wieder davon.

Es war gegen sieben Uhr, als ich ihn ins Bett steckte. Ich kann auch ohne Zögern sagen, dass ich froh war, ihn los zu sein, da ich zum ersten Mal während des gesamten Tages von seiner Gesellschaft befreit war. Das ist des Guten schon fast zu viel.

Um ungefähr acht trat Mrs. Tappan herein und brachte drei Zeitungen und den ersten Band von Pendennis. Sie schien in sehr guter Stimmung zu sein. Ich las die Zeitungen bis zehn und ging dann zu Bett.

Mittwoch, 30. Juli

Kurz vor sieben aufgestanden. Ein kühler und düsterer Morgen mit einem, wie ich vermute, Südostwind, der Regen verspricht. Julian lümmelt herum, liegt auf dem Boden und scheint gewissermaßen auf das Wetter zu reagieren. Ich hoffe, dass wir nicht von einem langen Sturm heimgesucht werden.

Der Tag ist so unfreundlich, dass wir keinen Vormittagsspaziergang unternommen haben, sondern um die Scheune und im Garten herumgeschlendert sind. Bunny ist ziemlich zutraulich geworden, hoppelt uns entgegen, wann immer wir das Zimmer betreten, und stellt sich auf seine Hinterbeine, um zu sehen, ob wir ihm etwas mitgebracht haben. Julian hat seinen Namen (der Spring war) zu Hindlegs geändert. Man merkt, dass man allmählich eine Zuneigung zu diesem sanften kleinen Tier entwickelt, insbesondere wenn es Vertrauen zeigt und es sich gemütlich macht. Es ist jedoch ziemlich mühsam, Nahrung für ihn zu finden; er scheint fast unablässig fressen zu wollen, mag aber sein Gras oder seine Blätter nur, wenn sie vollkommen frisch sind. Brot knabbert er ein bisschen, lässt es aber bald liegen. Ich habe ihm gerade ein wenig grünen Hafer von Mr. Tappans Feld geholt. Unter allem Essbaren scheint er Julians Schuhe am liebsten zu haben, von denen er sich zu verschiedenen Gelegenheiten einen kleinen Bissen gönnt.

Um vier Uhr zog ich ihn an, und wir machten uns auf den Weg ins Dorf. Er hüpfte und sprang wie ein kleiner Ziegenbock und pflückte Blumen wie ein Kind des Paradieses. Die Blumen hatten nicht die geringste Schönheit an sich, außer jener, die seine Blicke ihnen verliehen. Trotzdem hielt er sie für die lieblichsten auf Erden. Wir begegneten einer Kutsche mit drei oder vier jungen Damen, die von seinem außerordentlichen Charme allesamt ganz hingerissen waren. Tatsächlich geht er selten an einem Frauenzimmer vorbei, ohne dessen Herz zu stehlen. Das ist sehr merkwürdig, denn ich selbst kann an dem jungen Gentleman keinen solchen wunderbaren Zauber erkennen.

Als wir das Postamt erreichten, fand ich – zu meiner großen Enttäuschung, denn ich hatte mir diese Möglichkeit wirklich nicht vorstellen können – keinen Brief von Phoebe oder irgendetwas anderes für mich vor, nichts außer einem Brief und einer Zeitung für Mr. Tappan. So gab ich ein Schreiben für Pike auf, das ich vor ein paar Tagen verfasst und abzuschicken vergessen hatte, und einen Brief für Phoebe, den ich heute geschrieben habe. Danach machten wir uns sofort auf den Heimweg. Als wir den Hügel auf der Seite von Mr. Birchs Haus hinaufgingen, begegneten wir einem Wagen, in dem Mr. James, seine Frau und seine Tochter saßen, die gerade ihre Karten in unserem Haus zurückgelassen hatten. Dabei entwickelte sich ein recht angenehmes und freundliches Gespräch. Er ist gewiss ein vorzüglicher Mann, seine Gattin eine schlichte, gute, freundliche, liebenswürdige Frau und die Tochter ein nettes Mädchen – dennoch hielt Julian Mr. James für ziemlich langweilig und sagte, er könne dessen Gerede gar nicht leiden. Tatsächlich war der arme kleine Bengel todmüde vom Herumstehen. Mr. James sprach über *The House of the Seven Gables* und *Twice-Told Tales* und schweifte dann ab zu englischer Literatur im Allgemeinen.

Als wir zu Hause eintrafen, war Julians Abendessen schon fertig; er hat es gegessen und scheint ziemlich bereit, zu Bett zu gehen – wohin ich ihn nun (um halb sieben) befördern werde.

Während des Abends las ich Pendennis und schloss den Tag mit einer Schale Eierflip.

Donnerstag, 31. Juli

Um ungefähr sechs Uhr lugte ich über meine Bettkante und sah, dass Julian wach war und wie er mich mit einem unterdrückten Lachen aus den Augenwinkeln anschaute. So standen wir auf, und zunächst wusch ich ihn und dann mich selbst; darauf schlug ich vor, ihm Locken zu drehen. Ich vergaß zu erwähnen, dass ich dasselbe schon am vorgestrigen Morgen versucht habe und dabei ein erstaunlich schlechtes Ergebnis erzielte. Tatsächlich war es solch ein Fehlschlag, dass der alte Knabe beim ersten Anzeichen einer Wiederholung in Gelächter ausbrach. Ich bestand jedoch darauf und wickelte sein Haar um einen Stab, bis ich es ihm fast vom Kopf riss. Währenddessen kreischte und lachte er die ganze Zeit zwischen Schmerz und Fröhlichkeit. Er versuchte mir zu erklären, wie es seine Mutter handhabte, doch seine Erläuterungen waren nicht besonders erhellend und trugen nur dazu bei, das Unternehmen noch viel komplizierter zu machen. Aber nun, da sein Haar trocken ist, sieht es nicht so übel aus, wie man hätte erwarten können.

Nachdem wir uns derart um seine Haarpracht gekümmert hatten, gingen wir Milch holen. Es war ein weiterer bewölkter und düsterer Morgen, mit einer Wolke (sie schien mit Feuchtigkeit vollgesaugt wie ein nasser Schwamm), die sich über den ganzen Kamm des westlichen Berges erstreckte. Darunter wirkte der bewaldete Berghang schwarz, grimmig und unwirtlich. Auch Monument Mountain trug eine Wolke auf seinem Rücken, doch das Sonnenlicht schimmerte auf seinen Hängen und machte ihn zu einer fröhlichen Sache, und da er sich im Mittelpunkt der Landschaft befand, heiterte er das Gesamtbild auf wie ein munteres Herz. Sogar seine Wälder, im Unterschied zu den Wäldern auf den anderen Bergen, waren von Licht beschienen, und die abgeholzten Flächen wirkten doppelt sonnig. Ein Roggenfeld direkt an seinem Fuß erstrahlte mit gelber Leuchtkraft und machte die Landschaft viel heller. Beim Weitergehen kaute der kleine Mann einen Lebkuchen und sprach über den »Tjau« (wie er es aussprach) auf dem Gras und sagte, er vermute, Elfen hätten ihn aus ihren kleinen Krügen auf das Gras und die Blumen gegossen. Dann peinigte er mich mit der Frage, auf welcher Seite der Straße das taufeuchte Gras meiner Ansicht nach am schönsten sei. So, begleitet von pausenlosem Geplapper, als ob ein Bach entlang des Weges flösse, erreichten wir Luthers Haus, und die alte Atropos nahm mit grimmigem Lächeln den Kübel und gab ihn mit zwei Quarts Milch zurück.

Da das Wetter kalt war und die Sonne nicht beständig oder stark genug schien, um den Tau zu trocknen, verbrachten wir den größten Teil des Vormittags im Haus. Der alte Gentleman quälte mich wie üblich mit unzähligen Fragen und ständigen Bemerkungen über all seine Beschäftigungen.

Nach dem Essen machten wir einen Spaziergang zum See. Als wir uns ihm näherten, sahen wir ein Boot in der Nähe des Ufers; ein zweites segelte auf den Strand zu, und die Crew landete kurz darauf. Es waren drei Männer, die wie Herumtreiber aussahen. Sie fragten mich, ob es in der Nähe gutes Wasser gebe, dann schlenderten sie landeinwärts, um sich die Gegend anzusehen, so wie es der Brauch von Reisenden ist, die ihren Fuß auf fremden Boden setzen. Daraufhin ging Julian zu ihrem Boot, das er mit großem Interesse begutachtete, und er machte ein großes Geschrei, als er darin ein paar Fische entdeckte. Es waren nur Brassen und Schellfische. Der kleine Mann wollte, dass ich in das Boot steige und mit ihm fortsegle, er war kaum davon abzubringen. Ich machte ihm ein Holzschiffchen und ließ es zu Wasser. Es trieb nach Westen – denn der Wind kommt heute aus dem Osten. Dann gingen wir an dem mit Seegras bewachsenen Ufer entlang, und als er sich setzte, warf er Moosstücke ins Wasser und nannte sie Inseln – schwimmende grüne Inseln – und sagte, auf ihnen gebe es Bäume, Bauernhöfe und Menschen. Später beharrte ich trotz seiner Proteste darauf, nach Hause zu gehen. Er hob einen Knüppel auf und begann erneut den alten Krieg mit den Disteln – die wir Hydras, Schimären, Drachen und Gorgonen nannten. So kämpften wir uns den Heimweg frei, und so ist der Tag vergangen, bis jetzt, um zwanzig Minuten vor vier.

In den frühen Sommertagen dachte ich, die Landschaft würde unter der Veränderung leiden, wenn das reine und üppige Grün dem Gelb des reifen Getreides weicht und die Felder gemäht werden. Doch nun halte ich die Veränderung für eine Verbesserung. Der Kontrast zwischen dem verblassten Grün, gemischt mit den beinah braunen Feldern, und dem satten Grün der Wälder an den Berghängen wirkt sehr malerisch.

Vor dem Essen kam Mrs. Tappan mit zwei oder drei Bänden von Fouriers Werken, die ich mir ausleihen wollte, um sie für meinen nächsten Roman zu nutzen. Sie schlug vor, dass Julian morgen hinüberkommen und Ellen besuchen sollte, wozu ich nicht ungern meine Zustimmung gab, und auch den alten Gentleman schien diese Aussicht zu freuen. Er hat nun sein Abendessen gehabt und soll sofort ins Bett gesteckt werden. Mrs. Peters, deren Mann krank oder unpässlich ist (wahrscheinlich betrunken), geht heute Abend nach Hause und wird in der Früh zurückkommen. Und nun ist Julian im Bett, und ich habe ein paar Johannisbeeren gepflückt und zerdrückt und Bunny seinen Kopfsalat zum Essen gegeben, den er anscheinend lieber hat als alles andere – obwohl er nichts verschmäht, das man zur Pflanzenkost rechnen kann. Heute hat er ein Minzblatt gegessen, offenbar mit Hochgenuss. Ich muss lächeln, wenn ich sehe, wie er mir entgegenhoppelt, wann immer ich die Tür öffne, sich versichert, dass eine Überraschung auf ihn wartet, und eifrig schnuppert, um herauszufinden, was es ist. Er frisst gewaltige Portionen, und ich glaube, er ist beträchtlich breiter geworden, seit er bei uns ist. Das Geheimnis, das ihn umgibt – das Fehlen jeder Möglichkeit, mit dieser stummen Kreatur zu kommunizieren –, erhöht die Neugier. Außerdem steckt er von Natur aus so voller kleiner Ängste, dass es mich freut, wenn er vor Julian und mir keine Angst hat.

Freitag, 1. August

Dies war ein weiterer kalter und wechselhafter Tag. So kühl, dass ich Julian eine Strickjacke anzog, als wir die Milch holen gingen. Da war ein allgemeines Wolkenkonklave am Himmel, aber mit Blau durchsetzt, und dann gab es einseitige Strahlen wässrigen Sonnenlichts. Monument Mountain lag heute Morgen im Schatten, und der westliche Bergkamm wurde von der Sonne beschienen. Die Luft war besonders klar, so sehr, dass ich mich nicht entsinne, den Taconic je so auffällig aus seinem Umriss hervortreten gesehen zu haben wie jetzt. Er sah aus, als wäre er nur wenig weiter entfernt als der Monument.

Bruin lief mit uns mit, sehr zu Julians Entzücken, doch bei unserer Rückkehr begann der Hund ein wenig ungebärdig zu hüpfen und zu springen – woraufhin der alte Gentleman von seiner angeborenen Angst vor dem Köter erfasst wurde und in Tränen ausbrach.

Draußen war es so trostlos, dass wir den Morgen im Haus verbrachten. Ich war mit zwei Briefen (unerträglich kurzen) von Phoebe beschäftigt und mit Papieren, die Mrs. Peters vom Postamt mitgebracht hatte. Um ungefähr elf kamen Deborah und die kleine Ellen, um Julian nach Highwood mitzunehmen; so machte sich Seine Majestät auf den Weg, und ich sah bis nach dem Essen nichts mehr von ihm. Ich packte Phoebes Bildhauerwerkzeuge ein, die Mrs. Mann zu diesem oder jenem Zweck haben möchte, und schickte sie ab. Ich hoffe, Phoebe wird nicht dazu überredet, bei all ihren anderen Sorgen und Ärgernissen irgendeine Ab- oder Umänderung seiner Büste vorzunehmen. Wenn mir dies früher eingefallen wäre, hätte ich die Werkzeuge gewiss nicht geschickt.

Wir hatten heute die ersten Buschbohnen der Saison; eigentlich das früheste Erzeugnis unseres Gartens außer Johannisbeeren und Salat. Um drei Uhr kam Julian nach Hause. Er sagte, er habe Tomaten, Bohnen und Spargel zum Mittagessen gehabt, und dass er sie sehr mochte und eine schöne Zeit hatte. Ich zog ihn und mich an, um einen Spaziergang ins Dorf zu machen, und wir brachen um vier auf. Da die Post bei unserer Ankunft noch nicht eingetroffen war, gingen wir zu Mr. Farleys Büro (wo wir ihn und Mrs. Sedgwick antrafen) und danach zu Mr. Farleys Haus, oder eher zu seinem Hühnerstall, um seinen prachtvollen Hahn und die Hühner anzuschauen. Ich gab Mrs. Sedgwick übrigens zu verstehen, dass wir im Herbst gern Mrs. Kembles Haus mieten würden. Bei der Rückkehr zum Postamt bekam ich Mr. Tappans Post und meine eigene und machte mich auf den Heimweg, kletterte dann aber über den Zaun und setzte mich in den Liebeshain, um die Zeitung zu lesen. Während ich derart beschäftigt war, kam ein Kavalier zu Pferde die Straße entlang und grüßte mich auf Spanisch; ich erwiderte den Gruß, indem ich an meinen Hut tippte, und widmete mich erneut meiner Zeitung. Doch als der Kavalier seinen Gruß wiederholte, betrachtete ich ihn genauer und merkte, dass es Herman Melville war! So eilten Julian und ich auf die Straße, wo eine Begrüßung folgte, dann gingen wir alle zusammen nach Hause und unterhielten uns dabei. Bald stieg Mr. Melville ab und setzte Julian in den Sattel; der kleine Mann war überglücklich und saß mit der Zwanglosigkeit und Unerschrockenheit eines alten Reiters auf dem Pferd und hatte einen Ritt von mindestens einer Meile bis nach Hause.

Ich bat Mrs. Peters, etwas Tee für Herman Melville zu kochen; er trank eine Tasse, wollte aber lieber nicht zu viel trinken, da es ihn wach halten würde. Nach dem Abendessen brachte ich Julian ins Bett, und Melville und ich hatten eine Unterhaltung über Zeit und Ewigkeit, Dinge von dieser Welt und der nächsten, über Bücher und Verleger und alle möglichen und unmöglichen Angelegenheiten, die bis tief in die Nacht andauerte. Wenn ich die Wahrheit gestehen soll, rauchten wir Zigarren sogar im heiligen Bezirk des Wohnzimmers. Schließlich stand er auf und sattelte sein Pferd (das wir in der Scheune untergebracht hatten) und ritt zu seinem eigenen Domizil fort; und ich beeilte mich, das Beste aus der kurzen Zeit herauszuholen, die mir zum Schlafen verblieben war.

Samstag, 2. August

Morgens standen wir zirka um halb sieben auf, und nachdem Julian gebadet war und auch ich mich gewaschen hatte und Julians Wollschopf gehörig gekräuselt worden war, machten wir uns auf den Weg, um Milch zu holen. Das erste Mal seit undenklichen Zeiten war es wirklich ein freundlicher Morgen, keine Wolke in Sicht, außer ein paar weißen und hellen Streifen, weit unten im Süden. Monument Mountain hatte jedoch ein Vlies aus sonnenbeschienenem Nebel, das ihn bis auf den herausragenden westlichen Gipfel vollständig bedeckte. Auch entlang des Westhangs lagen Nebelschwaden, die über den Baumwipfeln schwebten, und Teile dieser Nebelschwaden waren hinaufgehuscht und zu richtigen Wolken am Himmel geworden. Diese Nebel verdunsteten rasch, und bis wir unsere Aufgabe erledigt hatten und zurückgekehrt waren, waren sie ganz verschwunden.

Ich vergaß, in den Notizen von gestern Nacht zu erwähnen, dass Herman Melville mich eingeladen hatte, zusammen mit Julian nächste Woche ein paar Tage in seinem Haus zu verbringen, wenn E. A. Duyckinck und sein Bruder dort sind. Ich sagte für mindestens eine Nacht zu, und so wird Melville uns abholen kommen.

Um zehn Uhr schickte ich Julian hinüber nach Highwood, mit Bunny, den er Ellen als Geschenk mitbringen sollte. Um die Wahrheit zu sagen, unser Haus ist zu klein, und wir können den großartigen Bunny, den ich sehr schätze, doch dessen Lebensweise ihn nicht wirklich dazu befähigt, sich ständig im Wohnzimmer aufzuhalten, nicht ordentlich unterbringen. Unser Strohteppich hat begonnen, ernstlich unter seinen Machenschaften zu leiden. In Highwood können sie ihm ein eigenes Zimmer geben, wenn sie wollen – oder einfach mit ihm machen, was ihnen gefällt. Ich mochte Bunny, der sehr viele erfreuliche kleine Eigenheiten und einen Charakter hat, den zu beobachten sich durchaus lohnt, wirklich. Er war vollkommen vertraut mit uns und schien eine Vorliebe für unsere Gesellschaft zu zeigen. Er pflegte sich stets in unsere Nähe zu setzen und achtete auf jede unserer Bewegungen. Ich denke, er ist überaus neugierig und hat eine Forschernatur und beobachtet genau, was rund um ihn vorgeht. Ich kenne kein anderes Tier und nur wenige

Menschen, die so unaufdringlich sind wie er, obwohl er immer da ist und seine kleine Pfote in alle Angelegenheiten des Tages steckt. Ich kann seinen Fortgang nur bedauern, sowohl um unseret- als auch um seinetwillen, denn ich befürchte, Ellen wird ihn drücken und auf andere Weise peinigen und er wird in Highwood niemanden finden, der seine Gewohnheiten so aufmerksam studiert wie ich. Wie schade, dass er sich, was gewisse Angelegenheiten betrifft, nicht zurückhalten oder erziehen lassen konnte. Auch Julian schien ein wenig traurig darüber, sich von Bunny trennen zu müssen, aber er freute sich so über die Vorstellung, ihn Ellen schenken zu können, dass er nicht protestierte. Er ist noch nicht zurück, um zu erzählen, wie das Geschenk angenommen wurde.

Viertel nach elf ist Julian zurückgekommen und berichtet, dass sie ihm für Bunny nicht gedankt haben und dass Ellen ihn augenblicklich sehr fest gedrückt hat. Er traf Deborah und Caroline und Ellen. Sie verstanden zunächst nicht, dass Bunny bei ihnen bleiben sollte, und als Julian sich auf den Weg machte, fragten sie ihn, ob er Bunny denn zurücklassen wolle. »Warum«, sagte der kleine Mann, »er soll doch Ellen gehören!« – worauf sie schwiegen. Er sagt jedoch, dass sie sich über ihn zu freuen schienen. Ich fürchte, der arme Bunny ist dazu verdammt, den Rest seines Lebens zu leiden. Laut Julians Bericht packte Ellen den armen kleinen Kerl an seinem Fell und am Hinterbein, ließ ihn in der Luft baumeln und beging verschiedene andere Untaten an ihm. Vielleicht hätte ich ihn lieber ertränken sollen. Möglicherweise bekomme ich auch noch die Gelegenheit dazu, denn ich würde mich nicht wundern, wenn sie ihn zurückschicken. Julian sagt, er habe große Lust, ihn sich zu schnappen und mit ihm nach Hause zu laufen.

Vor dem Essen machten wir einen Spaziergang zum See, wo wir ein Boot fanden, das ans Ufer gezogen worden war. Wenn es nicht an einer Baumwurzel festgemacht und gesichert gewesen wäre, dann hätten wir wohl eine Reise in ferne Länder unternommen. Der kleine Mann stieg in das Boot und hatte großen Spaß, vor allem, als er am Boden des Bootes einen kleinen toten Fisch entdeckte, der offensichtlich schon seit einigen Tagen dort lag.

Nach dem Essen kam Mr. Farley, wie er es bei

unserem Treffen gestern Abend vorsichtig angekündigt hatte. Er kam in der Absicht, ein paar Fische zu fangen, und so gingen wir alle drei zum See hinunter. Julian war völlig begeistert. Es hat keinen Zweck, ihn daran hindern zu wollen, ein Fischer zu werden. In ihm steckt ein echter Trieb, und früher oder später wird er sein Ziel erreichen. Ich sehe auch keinen Grund, der dagegen spricht; es ist die harmloseste Neigung, die er haben kann. Doch an diesem Nachmittag hatten wir kein Glück, seine Liebe zu dieser Beschäftigung zu vertiefen. Wir fingen nur einige Brassen und Flussbarsche, die der alte Gentleman sogleich am Schwanz hochhielt und mit dem vergnügtesten Interesse untersuchte, wobei er unablässig herumzappelte, als befände er sich im Einklang mit dem Gezappel der armen Fische. Nach einer Weile wurden Mr. Farley und ich müde, und wir machten uns auf den Heimweg. Der Nachmittag war, was Schönheit und Annehmlichkeit anging, so vollkommen, wie er nur sein konnte, gerade warm genug; es hätte weder wärmer noch kühler sein müssen. Mr. Farley blieb nicht zum Tee, sondern ging nach Hause und nahm Herman Melvilles *White Jacket* mit.

Ich steckte Julian so ungefähr um sieben ins Bett und ging hinaus, um ein paar Johannisbeeren zu pflücken. Während ich damit beschäftigt war, kam Mrs. Tappan am Rand des Gartens bei der kleineren Scheune vorbei und ich fragte sie, ob Julian Ellen das Kaninchen mit gebührendem Anstand geschenkt habe. Sie lachte und sagte, das habe er, meinte aber auch, dass sie Bunny für ziemlich lästig hielten und Ellen ihn misshandelte und dass der Hund immer versuchte, ihn zu schnappen – kurzum, Bunny hat sich nicht als wünschenswerte Anschaffung erwiesen. Sie sprach davon, ihn dem kleinen Marshall Butler zu geben, und schlug darüber hinaus vor (als Antwort auf etwas, das ich über die Beendigung seines Daseins sagte), dass man ihn im Wald aussetzen könne, wo er sich allein durchlagen werde. Diese Idee hat etwas Typisches an sich: Sie zeigt die Art von Empfindsamkeit, die den Schmerz und das Elend anderer Leute unangenehm findet, als handelte es sich um einen schlechten Geruch, die aber vollkommen zufrieden ist, wenn dergleichen aus ihrem Umkreis entfernt wird. Ich vermute, sie hätte Bunny um nichts in der Welt getötet, obwohl sie ihn ohne Skrupel oder Reue der

Gewissheit eines langsamen Hungertodes ausgesetzt hätte. Da ich nicht wusste, was man sonst tun konnte, schlug ich vor, Bunny zurückzunehmen. Sie versprach, ihn morgen vorbeizubringen.

Mrs. Peters ging sofort nach dem Abendessen nach Hause. Ich las Pendennis am Abend, aß ein Quart zerdrückter Johannisbeeren und ging um zehn zu Bett.

Sonntag, 3. August

Der kleine Mann weckte mich mit seinem Geschrei zwischen zwei und drei Uhr, und ich fand ihn, welch wunderbarer Ausdruck, in einem völlig durchweichten Zustand. Es hatte eine Überschwemmung in seinem Bett gegeben, wo sonst. So war ich gezwungen, nach unten zu gehen, um ihm ein sauberes Nachthemd zu suchen und zu tun, was ich konnte, um es ihm bequem zu machen. Bei ihm ist so etwas fast noch nie vorgekommen.

Es dauerte lange, bevor ich wieder einschlief, und dann wachte ich nicht vor halb sieben auf, während er anscheinend schon eine beträchtliche Zeit lang wach gewesen war. Ich badete ihn und wusch mich wie gewöhnlich, machte ein Feuer in der Küche und ging Milch holen. Es war ein vollkommener Morgen mit strahlend hellem Sonnenschein und, wie ich glaube, keiner einzigen Wolke am ganzen Himmel außer ein paar Nebelschwaden hier und da an den fernen Berghängen. Der See war glatt wie Glas und schuf reglose Spiegelbilder von den Wäldern und Bergen. Die spiegelnde Oberfläche ist das Schönste an solch einem kleinen Gewässer. Bei Luther Butlers Haus trafen wir seinen Schwiegervater, Mr. Barnes, der einem jungen Mann die Haare schnitt. Der Patient saß auf einem Stuhl an der Küchentür, und der alte Knabe schien die Operation mit einiger Geschicklichkeit durchzuführen. Er hatte auf dem ganzen Schädel eine recht gleichmäßige Oberfläche erzeugt, auf der das Haar noch ungefähr einen Zoll lang war.

Ich sagte Julian, dass ich ihn nach dem Frühstück losschicken würde, um Bunny zu holen. Das Gesicht des kleinen Mannes strahlte schier vor Entzücken, aber gleichzeitig schien er verwirrt. »Warum, Vater«, sagte er, »ich hab Bunny doch als Geschenk für Ellen dort gelassen, also kann ich ihn nicht mitnehmen, es sei denn, sie schicken ihn zurück.« Ich nahm ihm seine Skrupel, indem ich ihm erzählte, was Mrs. Tappan gesagt hatte, und er wollte sofort los, um Bunny zu holen. Um ungefähr neun Uhr ließ ich ihn gehen, und zirka eine halbe Stunde später kehrte er mit Bunny, der in seinem kleinen Haus saß, zurück. Der arme Bunny schien einen Großteil seines Vertrauens in die menschliche Natur verloren zu haben, drängte sich so eng wie möglich in eine Ecke der Kiste und reagierte weder auf meine Avancen, noch wollte er ein Salatblatt annehmen, das ich ihm anbot. Ich glaube, er hat während seiner Abwesenheit große Qualen erduldet. Julian sagt, es habe wegen Bruin lange gedauert, bevor er mit ihm wieder gehen konnte, so begierig war der ungezogene Hund, sich den armen kleinen Bunny zu schnappen.

Ich las Pendennis bis zwölf, während der alte Knabe sich damit vergnügte, hin und her zu laufen; dann, als ich ihn unten im Tal sah, ging ich und legte mich unter einen Apfelbaum [...]. Julian kletterte auf den Baum und setzte sich rittlings auf einen Ast. Sein rundes, munteres Gesicht erschien zwischen den grünen Blättern, und ein unablässiger Schwall von Geplapper prasselte auf mich herab wie Sommerregen. Er sprach davon, wie gern er für immer in dem Baum leben und sich ein Nest aus Blättern machen würde. Dann wollte er ein Vogel sein, sodass er davonfliegen könne; und er wollte in ein tiefes Loch hinabtauchen und mir einen Sack voll Gold mitbringen; und er wollte nach West Newton fliegen und Mama auf seinem Rücken nach Hause tragen; und er wollte zum Postamt fliegen, um Briefe abzuholen; und er wollte Bohnen und Kürbisse und Kartoffeln besorgen. Nach einiger Zeit holte ich ihn vom Baum herunter, und als wir ein kleines Stück gingen, entdeckten wir zufällig ein bemerkenswertes Echo. Es wiederholte jedes Wort seiner klaren Kinderstimme in seiner üblichen gehobenen Redeweise; und als einer von uns laut rief, konnten wir drei oder vier Wiederholungen hören – die letzte kam offenbar von weit jenseits der Wälder und hatte eine eigenartige, phantastische Ähnlichkeit mit der Originalstimme, als ob Wesen, die ein wenig wie wir waren, in der unsichtbaren Ferne riefen. Julian schrie »Mama«, »Una« und viele andere Worte, dann schrie er seinen eigenen Namen, und als uns das Echo erreichte, sagte er, dass Mama nach ihm rufe. Welch ein seltsames, unheimliches Ding ist doch ein Echo!

Um zwei Uhr aß die ganze Familie zu Mittag. Julian hatte ein Stückchen Brot und ich einen Eiercremekuchen und Bunny ein paar kleine Bissen von der Kruste. Dann gingen der kleine Mann und ich zum See hinunter. Der Kreuzzug gegen die Disteln wurde fortgeführt, und auch das Wollkraut musste seinen Anteil an Schlägen einstecken. Nachdem wir uns eine Zeitlang am Seeufer herumgetrieben hatten, kamen wir auf dem Heimweg über Mr. Wilcox' Feld und durch seinen hochgewachsenen Kiefernwald. Ich legte mich auf den Rücken, sah hinauf durch die Zweige der Bäume, während Julian eine geschätzte Viertelstunde lang auf einen einzigen großen Wollkrautstängel eindrosch. Er legt manchmal wirklich eine beharrliche Zielstrebigkeit an den Tag. Wir schlenderten zwischen den hohen Stämmen dieser uralten Kiefern durch den Wald und von dort am Rand eines Sumpfes, wo ich eine Garbe Rohrkolben pflückte, nach Hause. Dies führt die Geschichte bis in die Gegenwart, ein paar Minuten nach fünf Uhr.

Entweder habe ich heute weniger Geduld als gewöhnlich, oder der kleine Mann strapaziert sie noch mehr als sonst, aber es kommt mir wirklich so vor, als ob er mich mit mehr Fragen, Hinweisen und Beobachtungen gepeinigt hätte, als man von einem sterblichen Vater verlangen kann. Er bringt mich beinahe aus der Fassung; nie lässt er mich in Frieden, treibt unablässig seine Bemerkungen zwischen die Satzteile jeder meiner Lektüren und zerschmettert alle Versuche einer Reflexion in tausend Stücke.

Ich steckte ihn um sieben ins Bett, pflückte und zerdrückte ein paar Johannisbeeren, ging nachdenklich hinter dem Haus auf und ab, sah hinaus auf den See und die Berge, aß die Johannisbeeren, brütete über einer Zeitung (da ich den ersten Band von Pendennis zu Ende gelesen hatte) und ging vor zehn ins Bett.

Montag, 4. August

Wir standen zirka um halb sieben auf, und bevor wir mit dem Baden fertig waren, traf Mrs. Peters ein. Als wir die Milch holen gingen, schien die Sonne warm, aber nicht hell durch eine dünne Wolkenschicht, die über den ganzen Himmel verteilt war. Der kleine Mann schien putzmunter und in guter Verfassung, obwohl er sich in der Nacht so herumgewälzt hatte, dass er mich dabei oft weckte. Nach dem Frühstück pflückte ich eine Schale Buschbohnen in meinem Garten und Julian einen Blecheimer voll aus seinem Bereich.

Der kleine Mann hat über das Alter seiner Mutter spekuliert und sagt, sie sei zwanzig Jahre alt. »So klein«, ruft er, »und zwanzig Jahre alt!«

Das Wetter wurde sehr kalt, als der Tag voranschritt, mit Wind aus östlicher Richtung. Ach, was gäbe ich für einen Ostwind mit einer salzigen Meeresbrise darin! Natürlich hat mir dieses infernalische Klima eine Erkältung beschert, und ich bin den ganzen Tag zitternd dagesessen, ohne die geringste Lust, mich zu bewegen. Ich meine, den ganzen Tag bis kurz nach vier, als Julian und ich uns auf den Weg ins Dorf machten. Der kleine Mann hat seine gute Laune behalten und bei der einen oder anderen Tischlerarbeit gehämmert und geklopft, sehr zum Unbehagen meines Schädels, obwohl ich mittendrin in einen halben Dämmerschlaf fiel. Unterwegs ins Dorf trabte er los wie ein junges Fohlen, auf seinen kurzen, aber unermüdlichen Beinen. Als wir das Postamt erreichten, fanden wir keinen Brief vor, die Post aus dem Osten war aus irgendeinem Grund nicht eingetroffen – ein elendes Missgeschick. Nachdem wir ins Gerichtsgebäude gegangen waren, um Mr. Farley zu treffen, und eine Zeitlang in seinem Büro gesessen waren, wandten wir unsere Schritte heimwärts. Der alte Gentleman quälte mich arg, ihm eine Orange zu kaufen – was ich jedoch nicht ohne einen langen Spaziergang ans andere Ende des Dorfes hätte tun können. Er schien auf unserem Nachhauseweg genauso lebhaft und munter wie eh und je, während ich griesgrämig, trübsinnig und ohne jede Kraft war. Ich schlug den Weg nach Highwood ein, mit einem Brief und einer Zeitung für Willy Barney, und da ich sah, dass das Fenster des Arbeitszimmers offenstand, trat ich ein und nahm das *Home Journal* mit, das ich in einem Sessel auf der Veranda durchblätterte.

Ich brachte Julian um sieben ins Bett, wickelte mich dann in meinen gefütterten Schlafrock und setzte mich ins Boudoir, nahm etwas Nux Vomica und ging vor zehn ins Bett.

Dienstag, 5. August

Ich schlief recht gut und der alte Gentleman ebenso, obwohl er mich mit seinem Hin- und Herwälzen einmal geweckt hatte. Wir standen wie üblich um halb sieben auf; meine Erkältung wurde offenbar langsam besser. Das Wetter war, wie wir beim Milchholen feststellten, etwas weniger kalt als gestern, doch über den ganzen Himmel waren bleierne Wolken verteilt, die hier und da auf den Bergkämmen ruhten. Völlige Windstille, der See vollkommen glatt. Als wir von Luthers Hof heimkehrten, blieb der kleine Mann zurück, um ein paar Blumen zu pflücken, und als er losrennen wollte, fiel er schrecklich auf die Nase.

Nun ist es fast Viertel vor elf. Das einzige bemerkenswerte Ereignis bis jetzt war ein Besuch. Ich saß im Boudoir, als es an der Eingangstür klopfte und Mrs. Peters sagte, eine Dame wünsche mich zu sehen. So huschte ich auf Zehenspitzen nach oben, um mich rasch so vorzeigbar wie möglich zu machen, und ging dann hinunter in den Salon. Die Besucherin war eine Dame, recht jung und ziemlich attraktiv, mit freundlichen und intelligenten Augen, in einem hübschen Quäkerkleid. Sie reichte mir die Hand und sprach mit großer Schlichtheit, aber dennoch damenhaft über ihr Interesse an meinen Werken und dass sie dem Wunsch, mich zu besuchen, nicht widerstehen konnte, nachdem sie gemerkt hatte, dass sie in meiner Nachbarschaft wohnte. Ich bat sie ins Wohnzimmer, damit sie die Aussicht hinter dem Haus genießen konnte, und wir sprachen über die Landschaft und über verschiedene Personen und Angelegenheiten. Lowell, Whittier, Mr. James und Herman Melville wurden mehr oder weniger ausführlich diskutiert; sie schien eine enge Freundin von Whittier zu sein und hatte von meinem Besuch bei ihm, vor zwei oder drei Jahren, gehört. Ihre Umgangsformen waren wirklich sehr angenehm. Die Schlichtheit der Quäker und eine kleine Prise Quäkersprache verliehen ihrer Kultiviertheit und ihrem salonhaften Wesen die Würze. Sie hatte ein freundliches Lächeln und Augen, die prompt auf meine Überlegungen reagierten, sodass es nicht schwer war, sich mit ihr zu unterhalten – eine einzigartige, aber dennoch sanfte Freisinnigkeit beim Äußern ihrer eigenen

Meinungen – ohne jede Affektiertheit. Dies waren die Merkmale, die mich beeindruckten, und im Großen und Ganzen war es der einzige angenehme Besuch, den ich in meiner Eigenschaft als Autor je erlebt habe. Sie langweilte mich nicht mit Lobreden über meine Arbeiten, sondern sagte nur, es gebe einige Schriftsteller, die kennenzulernen wir aufgrund unserer Zuneigung zu ihren Werken als Privileg empfänden – oder etwas in dieser Art, etc. etc. etc.

Die ganze Zeit über kletterte Julian auf meinem Schoß herum und benahm sich ansonsten wie ein linkisches, übergroßes Baby. Er trug eine Strickjacke, die ihm anzuziehen ich am Morgen wegen des Ostwinds für vernünftig gehalten hatte. Diese zog ich ihm jedoch in Gegenwart der Dame wieder aus. Ich hatte sein Haar nach dem Frühstück gebürstet und gekräuselt, doch trotz meiner Bemühungen sah es danach nur noch schlimmer aus. Sie lächelte ihn an und lobte seine gesunde Erscheinung und fragte, ob er wie seine Mutter aussehe – da sie bemerkt habe, dass er mir nicht ähnlich sei. Schließlich stand sie auf, um zu gehen. Ich führte sie zum Tor, wo sie mir beim Abschied ihren Namen nannte – »Elizabeth Lloyd« – und nachdem sie »Auf Wiedersehen!« gesagt hatte, ging sie ihres Wegs und ich sah sie nicht wieder. Sie war nicht hergeritten, sondern zu Fuß gekommen. Sie wohnt in Philadelphia. Julian erlaubte ihr, ihn zu küssen.

Heute habe ich Fourier gelesen – wenn ich überhaupt etwas gelesen habe. Nach dem Essen brachen wir zu einem Spaziergang zum See auf. Das Wetter ist immer noch unbeständig, es droht die ganze Zeit Regen, doch die Drohung bleibt immer leer. Mittlerweile könnte man es eher ein Versprechen nennen, nicht eine Drohung, denn es ist zur Zeit wirklich außergewöhnlich trocken. Der Abstand zum Seeufer ist fünf oder sechs Fuß größer, als ich es je zuvor gesehen habe; und der Bach ist entlang eines großen Teils seines Betts ziemlich ausgetrocknet. Die Auswirkung der Dürre ist im Laubwerk der Wälder erkennbar. Es ist binnen weniger Tage zurückgegangen, sodass der Schatten, den es wirft, nicht mehr so dicht ist wie früher. Dieser Mangel an Feuchtigkeit mag ein Grund dafür sein, dass sich bereits die ersten welken und gelben Blätter und sogar Äste zeigen. Doch man kann schon viele herbstliche Anzeichen entdecken. Die gelben Blumen, die gelbe

Färbung der Kornfelder, die nicht mehr saftigen, sondern dürren Gräser – alles erzählt die Geschichte eines überschrittenen Höhepunkts. Und wann wurde er überschritten? Ich bin mir sicher, dass ich es nicht weiß.

Auf dem Nachhauseweg wurde Julian am Bein von einer Wespe gestochen und kreischte fürchterlich. Es geschah, als er über den Zaun von Mr. Tappans Haferfeld kletterte. Zunächst schien er recht große Schmerzen zu haben, doch er erholte sich, bevor wir zu Hause ankamen, so weit, dass er dringender nach einem Stück Brot und etwas Wasser verlangte als nach einer Medizin für den Stich. Zuerst wusch ich sein Bein mit Arnika, und dann gab ich ihm etwas zu essen. Das alles hat uns bis Viertel nach fünf beschäftigt. Er fährt fort, mich mit seinen Fragen zu quälen. Zum Beispiel gerade jetzt, während er mit meinem Klappmesser schnitzt. »Vater, wenn du alle Klappmesser im Laden gekauft hättest, was würdest du tun, um ein neues zu bekommen, wenn du alle kaputtgemacht hättest?« »Ich würde anderswo hingehen«, sagte ich. Doch so kann man ihn nicht zum Schweigen bringen. »Wenn du alle Klappmesser auf der Welt gekauft hättest, was würdest du tun?« Und da verliere ich meine Geduld, und ich ersuche ihn, mich nicht weiter mit törichten Fragen zu belästigen. Ich glaube wirklich, es würde ihm guttun, ihn wegen dieser Angewohnheit zu versohlen.

Ich brachte ihn zwischen sechs und sieben ins Bett, und da meine Erkältung noch nicht ganz ausgeheilt war, ging ich um neun schlafen.

Mittwoch, 6. August

Wir sind ungefähr zur üblichen Zeit aufgestanden. Bein und Fuß des kleinen Mannes waren in Folge des gestrigen Wespenstichs geschwollen und entzündet, und er klagte über Schmerzen, wenn man diesen Teil berührte, obwohl er sonst einigermaßen in Ordnung schien. Ich gab ihm zwei Kügelchen Akonit und riet ihm, nicht mit mir Milch holen zu gehen, aber er bestand darauf und konnte ohne Beschwerden laufen. Es war ein heller, milder Morgen mit ein paar Wolken, aber einzigartig klarer Luft. Bei Luther bekamen wir etwas Butter, und da ich schon die Milch hatte, gab ich sie dem alten Gentleman zum Tragen.

Er protestierte in scharfem, lebhaftem, hohem Ton, der fast wie das Geschnatter eines wütenden Eichhörnchens klang, doch als ich ihm zuredete und ihm aufzeigte, dass es nicht richtig sei, wenn ich zwei Lasten trüge, während er keine habe, gab er sofort nach. Er weigerte sich, mir die Butter zu geben, als ich dachte, er hätte sie weit genug getragen.

Nach dem Frühstück ernteten wir ein paar Sommerkürbisse, die ersten, die unser Garten hervorgebracht hat. Dann kräuselte ich seine Haarpracht, eine Kunst, in der ich keine erkennbaren Fortschritte gemacht habe. Ich glaube, es war vor zehn, als wir zu einem Spaziergang zum See aufbrachen, weil es ein schöner Vormittag war, mit Wärme in der Sonne und Kühle in den Brisen. Am See beschaffte sich der kleine Mann von einem Baum einen alten trockenen Ast, an dessen Ende er einen Strohhalm befestigte, und begann mit einem Vertrauen zu fischen, das wirklich Mitleid erregend war. Danach gingen wir durch den grün schimmernden Wald zu dem Strand in der Nähe der Stockbridge Road, wo wir beide uns eine Zeitlang damit vergnügten, Stöcke und Holzstücke ins Wasser zu setzen.

Ich meinerseits fühlte mich überaus lustlos, mit dieser trägen, betäubenden Erkältung, die länger als gewöhnlich anhielt. Das machte aus mir keinen gleichwertigen Spielkameraden für das putzmuntere kleine Monster. Es war nach zwölf, als wir heimkamen.

Nach dem Essen gingen wir zur Scheune hinaus und ruhten uns im frischen Heu aus, und als wir ins Haus gingen, fand ich zwei Briefe vor – einen von Phoebe, die eine kurze Zusammenfassung ihrer Kümmernisse gibt, der andere von Pike über einen Plan für ein Haus an der Meeresküste. Da wir schon zuvor die Absicht gehabt hatten, heute Nachmittag ins Dorf zu gehen, brachen wir kurz nach vier auf. Die Sonne schien heiß, mit dem gelegentlichen Hauch einer kühlen Brise; dasselbe ekelhafte Wetter, das wir diesen Sommer so häufig hatten, doch wenigstens die Brise war angenehm. Ich fand am Postamt nichts außer dem *Museum* und einen Brief von einem Autogrammsammler. Ich kaufte [Marmelade], [...] mein einziger Trost. Julian war bemerkenswert unruhig im Dorf; sosehr, dass ich losging, ohne den Zuckerhut zu besorgen, der uns schon so lange fehlt. Seine Bewegungen waren so rastlos, dass ich ihn verdächtigte, sich – nach seinem eigenen Fachausdruck – »unbehaglich« zu fühlen, doch er leugnete es nachdrücklich. Wir hielten beim Liebeshain, und dort stellte ich ihm erneut eine Frage diesbezüglich, aber er sagte immer noch nein. Er war jedoch derart zappelig, dass ich ihm riet, vor mir nach Hause zu laufen, und er lief mit entsprechend großer Eile los. Ich holte ihn an der Steigung des Hügels auf der Seite von Mr. Butlers Haus ein. Ich hörte ihn schreien, als ich noch ein gutes Stück entfernt war, und als ich näherkam, sah ich, dass er breitbeinig ging. Armer kleiner Mann! Seine Hosen waren pitschnass. Es ist eine ausgesprochene Grausamkeit gegenüber dem Kind, dass seine Kleidung nicht derart gefertigt ist, dass es jederzeit einem natürlichen Bedürfnis freien Lauf lassen kann. Knaben mögen es nicht, ihre Bedürfnisse mitzuteilen, insbesondere wenn sie so häufig auftreten wie offenbar die seinen heute.

Ich steckte ihn um ungefähr sieben ins Bett. Jetzt ist es zwischen acht und neun. Gerade eben, in der Abenddämmerung, erschien Mrs. Tappan, um ein paar Eier zu leihen (ich borgte ihr sieben) und zu fragen, ob ich Sophia vor ihrer

Rückkehr noch einmal schreiben werde. In jenem Fall wollte sie sie bitten, ihr zehn Pfund Reismehl zu besorgen.

Ich blätterte während des Abends in einer Zeitung und ging vor zehn ins Bett.

Donnerstag, 7. August

Wir sind heute Morgen etwas später aufgestanden, nicht vor sieben, laut unserem Chronometer, der allerdings im Vergleich zur Dorfuhr zwanzig Minuten vorgeht. Ein ruhiger, warmer Morgen mit einer Sonne, die bereits brennend heiß schien, obwohl sie hie und da durch eine Wolke gedämpft wurde. Wir machten uns wie gewohnt zu unserer Milch-Straße auf. Die Berge erschienen anders als noch vor einiger Zeit, wegen eines sonnigen Dunstschleiers, der ferne Gegenstände noch weiter entfernt aussehen ließ. Es war ein träger Morgen. Vor allem ich empfand ihn so, und der kleine Mann bezeugte den gleichen Einfluss durch einen gewissen Mangel an gewohnter Munterkeit; doch ganz anders die zwei oder drei Eichhörnchen, die wir auf den

Zaunspitzen herumtollen sahen. Julian redete von Giftblumen, die seiner Meinung nach die Straßen säumten und die man mit bloßer Hand nicht berühren darf.

Nach dem Frühstück pflückten wir ein paar Bohnen, dann kräuselte ich seinen Wollschopf. Seit ich angefangen habe, daran herumzuwerkeln, gibt sein Haar noch keine passable Erscheinung ab. Jeden Morgen ruiniere ich mein Werk vom Vortag. Seine Geduld während der Behandlung ist beispielhaft.

Im Lauf des Vormittags wurde es regnerisch, sodass wir keine größeren Ausflüge als bis zum Schuppen und zur Scheune unternehmen konnten. Mr. Waldo hatte eines seiner kleinen Mädchen bei sich auf dem Feld und brachte es auf ein paar Minuten herüber. Es ist ein recht hübsches Kind, ungefähr drei Jahre alt, mit großen dunklen Augen und einem eigenartigen kleinen fröhlichen Gesicht. Julian hielt sich im Hintergrund und schenkte ihm wenig oder keine Beachtung, außer indem er auf meinen Vorschlag hin loslief, um Bunny zu holen. Er wird in dieser Hinsicht zu einem Knaben, das heißt, zu einem kleinen Monster mit stumpfsinnig guten Manieren. Das

Mädchen war von Bunny, den es für eine Art kleine Katze hielt, ganz entzückt und ich hegte eine leise Hoffnung, Mr. Waldo dieses kostbare Tier um seiner Tochter willen andrehen zu können – doch er machte keine Anstalten, Bunny zu übernehmen. Ich sprach mit ihm über Fourierismus und ähnliche Themen, und er scheint ein nachdenklicher und intelligenter Mann zu sein. Er sagte, dass Cornelius heute ins Dorf gehe, und ich gab ihm einen Brief, den ich an Phoebe geschrieben hatte, damit er ihn zum Postamt mitnimmt – was ich eher bedaure, da ich keine Gewissheit habe, dass er wirklich abgeschickt wird. Also muss ich vor Samstag einen weiteren schreiben.

Es blieb während des Nachmittags ziemlich regnerisch. Gerade eben gab es eine überaus pittoreske Aussicht zu bestaunen – wenn ich sie doch nur mit Worten malen könnte! Quer über unserem Tal, von Osten nach Westen, lag eine schwere Wolkendecke, die beinahe auf den Bergen beider Seiten ruhte. Sie reichte nicht so weit nach Süden bis zum Monument Mountain, der im Sonnenschein lag und eine sonnige Wolke mitten auf seiner Brust hatte. Von unserem

Sturm, unter unserem schwarzen Wolkendach hervor, sahen wir hinaus auf diese strahlende Landschaft, in der die Leute das schöne Wetter genossen. Die Wolken hingen so niedrig über uns, dass es schien, als befänden wir uns in einem Zelt, dessen offener Eingang uns den Ausblick auf die sonnige Landschaft gewährt. Dies dauerte einige Minuten, doch schließlich dehnte sich der Regenschauer nach Süden aus, entführte Monument Mountain und machte ihn beinahe unsichtbar; gerade taucht er nun nebelhaft wieder auf. Vermutlich rührt solch ein [...] vom wechselhaften Wetter.

Julian vertrieb sich den Nachmittag auf mannigfaltige Art; er bastelte eine Peitsche und einen Flitzbogen und spielte gegen sich selbst Mikado. Ich glaube, es war weniger als eine Stunde nach dem Mittagessen, als er vor Hunger quengelte, obwohl er eine große Portion Reis und Bohnen verputzt hatte. Ich erlaubte ihm eine Scheibe Brot mitten am Nachmittag, aber eine Stunde später begann er aus voller Lunge nach mehr zu brüllen und schlug mich fürchterlich, weil ich ihm nichts geben wollte. Er ist wirklich so stark wie ein kleiner Riese. Gerade eben fragte er mich: »Was sind vernünftige Fragen?« Er hatte vermutlich die Absicht, mir welche zu stellen.

Nachdem er überaus wild Widerstand geleistet hatte, wurde der alte Gentleman um sieben Uhr ins Bett gesteckt. Ich sollte erwähnen, dass Mrs. Peters ihm gegenüber auf ihre grimmige Art recht aufmerksam ist. Heute entdeckten wir zum Beispiel zwei Bänder an seinem alten Strohhut, die sie angenäht haben musste. Weder ermutigt sie ihn zu Vertraulichkeiten, noch fühlt er sich im Geringsten zu ihr hingezogen, und er scheint sich auch nicht vor ihr zu fürchten, aber er erkennt, dass es hier über das unvermeidliche Maß hinaus keinen Gedankenaustausch geben kann. Auf Grundlage dieser Übereinkunft gewährt sie ihm jede Freundlichkeit von Bedeutung.

Kurz nach neun zu Bett.

Freitag, 8. August

Es war nicht viel später als sechs, als wir aufstanden. Ein freundlicher Morgen mit einer warmen Sonne und Wolken, die sich schwerfällig herumwälzten, besonders in nördliche und östliche Richtung – die Überreste des gestrigen Regens und vielleicht die Vorboten eines ähnlichen Wetters heute. Als wir Milch holen gingen, sagte mir Mrs. Butler, sie könne uns momentan keine Butter mehr geben, sodass wir es in Highwood versuchen müssten. Vor dem Frühstück hörte der kleine Mann eine Katze miauen, und bei näherer Erkundung fanden wir heraus, dass das Geräusch aus der Zisterne kam. Ich entfernte ein Brett und tatsächlich: Eine Katze schien darin um ihr Leben zu schwimmen. Mrs. Peters hatte sie letzte Nacht gehört, wahrscheinlich war sie seit zehn bis zwölf Stunden da und planschte in diesem düsteren Loch herum. Nach etlichen Versuchen, sie herauszuholen, ließ ich schließlich einen Korb hinab, in den sie hineinklettern konnte, und so zog ich sie heraus. Das arme Ding war fast am Ende und konnte kaum noch krabbeln; und das ist kaum verwunderlich, nachdem sie die Nacht so verbracht hatte. Wir gaben ihr etwas Milch, von der sie ein wenig leckte. Es war eines der Kätzchen.

Früh am Vormittag kam Deborah mit Ellen, um Julian und Bunny zu sehen. Julian war ziemlich still. Zwischen elf und zwölf erschienen Melville und die beiden Duyckincks in einem Zweispänner. Melville hatte, als er hier war, davon gesprochen, mich mit den beiden von ihm erwarteten Gästen zu besuchen. Ich hatte die Absicht, sie zu bitten, wenn möglich zum Mittagessen zu bleiben, aber wir hatten heute rein gar nichts im Haus. Es fügte sich, dass sie vorschlugen, einen Ausflug und ein Picknick zu machen, wozu ich gerne einwilligte. Zunächst holte ich jedoch unsere letzte verbliebene Flasche von Mr. Mansfields Champagner hervor, dann brachen wir auf und nahmen Julian selbstverständlich mit. Es war ein großartiger Tag, weder zu kalt noch zu heiß – mit ein wenig Wolkenschatten, aber es sah nicht nach Regen aus. Wir nahmen die Straße über den Berg nach Hudson und kamen nach einiger Zeit zu einem freundlichen Wäldchen, wo wir ausstiegen und alles für unser Picknick vorbereiteten.

Ich vermute, dass sie es für möglich, wenn nicht gar wahrscheinlich gehalten hatten, bei mir ein Mittagessen zu bekommen, denn die Mahlzeit war weder außergewöhnlich noch sonderlich üppig – nur ein paar Sandwiches und Pfefferkuchen. Für Julian gab es rein gar nichts, außer dem Pfefferkuchen, denn das Brot, aus dem die Sandwiches gemacht waren, war gebuttert und zusätzlich auch noch mit Senf bestrichen. So musste ich den kleinen Mann erstmals in seinem Leben mit Pfefferkuchen vertraut machen, und es schien ihn auch überaus zu freuen, bis er eine ansehnliche Menge davon verspeist hatte – dann begann er zu merken, dass dies für eine Mahlzeit nicht ganz das Richtige war. Sein Hunger war trotzdem gestillt, und geschadet hat es ihm auch nicht. Es blieben nur ein paar Nüsse und Rosinen am Boden des Korbs zurück, von denen er noch aß und mit denen er auch zufrieden war. Er genoss die Kutschfahrt und den ganzen Ausflug über alle Maßen und benahm sich wie ein Mann, der sich mit Picknicks auskennt.

Nach einer Zigarre unter Bäumen und einem Gespräch über Literatur und andere Angelegenheiten brachen wir wieder auf und beschlossen, die Shaker-Siedlung in Hancock zu besuchen, die nur zwei oder drei Meilen entfernt war. Ich weiß nicht, was Julian zu sehen erwartete – vermutlich eine merkwürdige Art von Vierfüßer oder dergleichen –, auf jeden Fall verwirrte ihn der Begriff »Shaker« offensichtlich sehr; und wahrscheinlich war er ein wenig enttäuscht, als ich ihm einen alten Mann in einer Robe und mit einem grauen, breitkrempigen Hut als einen Shaker präsentierte. Dieser alte Mann war einer der Väter und Herrscher des Dorfes, und unter seiner Führung besuchten wir dessen Hauptwohnhaus. Es war ein großes Backsteingebäude mit bewundernswert bequemen Einrichtungen und mit Böden und Wänden aus poliertem Holz und einem Verputz so glatt wie Marmor, und alles so sauber, dass es eine Strafe und Nötigung war, es anzusehen. Besonders, weil es nicht wirklich auf die Feinfühligkeit oder moralische Reinheit der Bewohner des Hauses hindeutete. Es gab Spucknäpfe (die freilich nicht so aussahen, als ob sie je verwendet wurden) in regelmäßigen Abständen entlang der langen und breiten Eingänge. Zwischen den Schlafquartieren der beiden Geschlechter gab es einen Zugang, wo an einer Seite die Hüte der Männer hingen, auf der anderen die Hauben der Frauen. In jeder Kammer standen zwei besonders schmale Betten, kaum breit genug für einen Schläfer, doch in jedem von diesen schliefen, wie uns der alte Gemeindevorsteher erzählte, zwei Personen. In den Kammern gab es keine Bade- oder Waschmöglichkeiten, doch in der Eingangshalle waren ein Ausguß und eine Waschschüssel, wo all ihre Versuche, sich zu säubern, durchgeführt wurden. Diese Tatsache zeigt, dass ihr ganzer jämmerlicher Anspruch auf Reinlichkeit und Sauberkeit nur äußerst oberflächlich ist und dass die Shaker durchaus und zweifellos ein schmutziger Haufen sind. Und dann ihr völliger und systematischer Mangel an Privatsphäre, die enge Bindung zwischen Mann und Mann, die Aufsicht eines Mannes über den anderen – es ist grässlich und abscheulich, daran zu denken, und je früher die Sekte ausgelöscht wird, desto besser – ein Ziel, das vermutlich in wenigen Jahren erreicht werden wird, wie ich mit Freuden höre.

In dem großen Haus sahen wir eine alte Frau – eine rundliche, fette, fröhliche, kleine alte Schwester – und zwei Mädchen zwischen neun und zwölf Jahren. Diese betrachteten uns und Julian mit großer Neugier, aber verstohlen und aus den Augenwinkeln. An den Türen anderer Unterkünfte sahen wir Frauen, die nähten oder andere Arbeiten verrichteten, und es schien unter ihnen eine Behaglichkeit zu herrschen, die allerdings nicht von höherer Art war als die zwischen ihren Lasttieren. Auch wirkten die Frauen blass, und keiner der Männer hatte ein fröhliches Gesicht. Sie sind gewiss die eigentümlichsten und verrücktesten Leute, die je in einem zivilisierten Land gelebt haben; und eines fernen Tages, wenn ihre Sekte und ihre Lebensweise verschwunden sind, wird die Geschichte der Shaker ein sehr kurioses Buch abgeben. Durch dieses ganze fremdartige Dorf hüpfte und tanzte unser kleiner Mann mit vorzüglicher Laune; zudem war er noch gar nicht lange dort, als er darum bat, sich an einen stillen Ort zurückzuziehen – auch ich hatte nichts dagegen, dass er der Lebensweise und der Institution dieser närrischen Shaker solch ein Zeichen seiner Wertschätzung setzte (nämlich jenes, dessen sie am meisten würdig sind).

Ich glaube, es war ungefähr fünf Uhr, als wir das Dorf verließen. Lenox war vermutlich sieben oder acht Meilen entfernt, doch wir nahmen den falschen Weg und fuhren über Berg und Tal, durch unbekannte Gegenden, auf einer mindestens doppelt so langen Strecke, als nötig gewesen wäre. Es war bei weitem der malerischste Ausflug, den ich je in Berkshire unternommen habe. Auf einer Anhöhe hatten wir kurz vor Sonnenuntergang eine Aussicht in einem Umkreis von vielen Meilen mit den Catskills blau und fern am Horizont. Dann verlief die Straße am Rand eines tiefen Abgrunds – tief, tief, tief und mit dem Laubwerk von Bäumen gefüllt, die nicht einmal bis auf halbe Höhe zu uns heraufreichten; und auf der anderen Seite der Schlucht erhob sich eine gewaltige Klippe. Das blieb eine gute Strecke lang so, während es auf der anderen Seite der Straße gelegentliche Lücken im Wald gab, durch die man das flache Land am Fuß des Berges sehen konnte. Sollte ich den Weg finden, würde ich gern zu Fuß zu dieser Landschaft zurückkehren, denn ich hatte keine Ahnung, dass es nur wenige Meilen entfernt von uns eine solche Gegend gab.

Nach und nach sahen wir Monument Mountain und Rattlesnake Hill und all die vertrauten Erkennungszeichen unserer Umgebung, außer dem See, der (durch irgendeine Hexerei, die ich mir nicht wirklich erklären kann) vollständig verschwunden war. Es schien, als müssten wir den See und unser kleines rotes Haus und Highwood sehen können, aber keines dieser Dinge war zu erkennen, obwohl die Landschaft sicherlich jene war, zu der sie gehören. Nun war es nach Sonnenuntergang, und wir merkten, dass wir uns auf unserem Weg Lenox von Westen näherten und das Dorf durchqueren mussten, bevor wir zu Hause ankämen. Ich stieg am Postamt aus und erhielt unter anderem einen Brief von Phoebe. Bis wir das Dorf wieder verlassen hatten, war die Abenddämmerung vorüber; tatsächlich wäre es ohne Vollmond ziemlich dunkel gewesen. Der kleine Mann benahm sich immer noch wie ein alter Reisender, doch manchmal drehte er sich am Vordersitz (wo er zwischen Herman Melville und Evert Duyckinck saß) zu mir um, lächelte mir mit einem sonderbaren Ausdruck zu und streckte seine Hand nach mir aus, um mich zu berühren. Es war eine Art, Einfühlung in etwas zu zeigen, das ihm zweifellos erschien wie eine Reihe der wildesten und unerhörtesten Abenteuer, die je einem sterblichen Reisenden widerfahren sind. Bald hielten wir vor dem kleinen Tor des alten roten Hauses.

Mit einigen Bedenken bezüglich des Resultats, doch durch die Unumgänglichkeit der Frage gezwungen, hatte ich die Gesellschaft gebeten, einen Tee zu trinken und die Pferde ausruhen zu lassen, bevor sie nach Pittsfield zurückkehrte.

Ich wusste nur, dass Mrs. Peters sich bestimmt weigern würde, zu dieser Stunde und mit den dürftigen Mitteln, die zur Verfügung standen, zu helfen. Als der farbige Engel, der sie ist, raffte sie sich jedoch sofort auf, und ich meinerseits ging als bescheidener Bittsteller hinüber nach Highwood, um nach einem Zuckerhut zu fragen und was Mrs. Tappan sonst noch herzugeben bereit war. Auch sie zeigte sich von ihrer engelhaften Seite und spendete mir nicht nur den Zucker, sondern auch einen Topf Himbeermarmelade und ein paar kleine Brotkuchen – ein unschätzbares Geschenk, zumal unser eigenes Brot sauer war.

Sofort nach unserer Ankunft hatte Julian sich, ohne viel mehr als seinen Hut abzulegen, auf die Couch geworfen und war eingeschlafen. Als ich von Highwood zurückkehrte, sah ich, dass Mrs. Peters ihm bereits sein Abendessen gegeben hatte und er sein letztes Stück Brot mampfte. Also zog ich ihn aus und fragte ihn währenddessen, ob er es genossen habe. Doch der ungezogene kleine Mann sagte nein, wo er doch bis vor einer halben Stunde nie im Leben glücklicher gewesen war; die spätere Erschöpfung hatte die Erinnerung an all die Freuden gelöscht. Ich habe noch niemanden gesehen, der sich sosehr selbst beglückwünschte und derart zufrieden war wie er, als er sich im Bett ausstreckte. Ganz sicher war er eingeschlafen, bevor ich das untere Ende der Treppe erreicht hatte.

Kurze Zeit später hatte Mrs. Peters das Abendessen angerichtet – kein sonderlich prachtvolles Essen, aber nicht annähernd so dürftig, wie es hätte sein können. Tee, Brot und Butter, Spiegeleier, kleine Brotkuchen, Himbeermarmelade; und ich dankte dem Himmel und Mrs. Peters wirklich, dass es nicht ärmlicher war! Nach dem Tee rauchten wir und hatten angenehme Gespräche. Und um zehn Uhr brachen unsere Gäste auf. Ich sah ein oder zwei Zeitungen durch und ging vor elf zu Bett. Es war eine wunderschöne Nacht, mit vollem, prächtigem, wolkenlosem Mondlicht, sodass ich lieber die sechs Meilen nach Pittsfield geritten wäre, als ins Bett zu gehen.

Samstag, 9. August

Julian erwachte heute Morgen in munterer Stimmung, und wir standen ungefähr um sieben auf. Ich fühlte mich wegen des gestrigen Ausflugs wesentlich besser, und als ich Julian fragte, ob er es genossen habe, bejahte er dies mit großer Begeisterung und sagte, dass er noch einmal losfahren wolle und Mr. Melville ebenso lieb habe wie mich und wie Mama und wie Una.

Da gestern Abend so freundliches und schönes Wetter gewesen war, erwartete ich, dass es heute Morgen zwangsläufig regnerisch sein würde, und so war es auch. Es regnete in Strömen, als wir aufwachten, und obwohl es noch immer regnete, als ich Milch holen ging, war die Luft sehr dunstig und dampfig. Von allen Berghängen stiegen Nebel auf, und Monument Mountain wirkte wie vom Pulverdampf einer großen Schlacht eingehüllt. Ich behielt Julian bis ungefähr elf im Haus, als wir, während die Sonne hervorlugte, zur Scheune und danach in den Garten gingen. Die übrige Zeit spielte er Mikado und ritt auf seinem Schaukelpferd; währenddessen betäubte und verwirrte er mich vor allem mit seinem endlosen Geplapper. Ich las ihm im Lauf des Morgens ein Stück aus dem Brief seiner Mutter vor, das an ihn persönlich adressiert war, und er freute sich unmäßig darüber.

Wir konnten uns wegen des Wetters nicht aus dem Haus und seiner Umgebung wagen, und so verbrachten wir den Tag, so gut wir konnten, innerhalb dieser Grenzen. Ich glaube, ich habe Julian kaum je so unablässig reden gehört wie heute; wenn ich ihm nicht zuhörte, führte er Selbstgespräche. Die ganze Zeit über war er in bester Laune.

Zwischen vier und fünf Uhr ging einer der heftigsten Schauer des Tages nieder, und mittendrin gab es eine Reihe von donnernden Klopfern an der Eingangstür. Julian und ich rannten so schnell wie möglich hin, um nachzusehen, wer es sein könnte, und als ich die Tür öffnete, stand ein junger Mann auf der Schwelle und eine Kutsche vor dem Tor, und Mr. James streckte seinen Kopf aus dem Kutschenfenster und bat um Schutz vor dem Sturm! So kam es zu einer Invasion. Mr. und Mrs. James, ihr ältester Sohn, ihre Tochter, ihr kleiner Sohn Charles, ihr Dienstmädchen und ihr Kutscher – nicht dass der Kutscher hereingekommen wäre; und was die Dienerin angeht, so blieb sie im Vorzimmer. Lieber Himmel, wo war Phoebe in dieser Zeit der Not! So verblüfft ich war, machte ich das Beste daraus. Julian half mir ein wenig, aber nicht viel. Klein Charley ist ein paar Monate jünger als er, und zumindest unter sich sorgten sie für Gesprächsstoff. Mrs. James schien glücklicherweise sehr große Angst vor Donner und Blitz zu haben, und da diese laut und grell waren, konnte man sie als *hors du combat* betrachten. Der Sohn, der um die zwanzig zu sein schien, und die Tochter, die siebzehn oder achtzehn war, übernahmen die Rollen der Schweigenden, was vermutlich der englischen Mode bei solchen Jungspunden entspricht. So war Mr. James der einzige, mit dem zu sprechen nötig war, und es gelang uns einigermaßen gut. Er sagte, heute sei sein Geburtstag und er feiere ihn mit einer Vergnügungsfahrt, weshalb der Regen eine Selbstverständlichkeit sei. Wir sprachen über Zeitschriften, englische und amerikanische, und über die Puritaner, zu denen wir so ziemlich dieselbe Meinung hatten, und Mr. James erzählte, wie er kürzlich aus seiner Kutsche geschleudert wurde und die Pferde mit ihm durchgebrannt waren – und wir sprachen über grüne Eidechsen und rote. Mr. James erzählte Julian, wie er, noch als Kind, zwölf Eulen auf einmal besaß, und ein andermal einen Raben, der Silberlöffel und Geldmünzen zu stehlen pflegte; er erwähnte außerdem ein Eichhörnchen und verschiedene andere Haustiere – und Julian lachte überaus lautstark.

Was den kleinen Charley angeht, so interessierte er sich sehr für Bunny und ebenso für das Schaukelpferd, das aus einem glücklichen Zufall gerade im Wohnzimmer stand. Er begutachtete das Pferd sehr kritisch und stellte darüber tausend Fragen, mit besonders deutlicher Aussprache und ohne die geringste Schüchternheit; schließlich stieg er in den Sattel, erwies sich allerdings als nicht ganz so guter Reiter wie Julian. Unser alter Knabe sprach fast kein Wort, was man nach der ersten Wucht des Überfalls, den wir erdulden mussten, auch wirklich kaum hätte erwarten können. Schließlich hörte es auf zu regnen, und die Invasoren zogen von dannen. Ich hoffe wirklich, dass meine Frau beim nächsten vergleichbaren Anlass da sein wird, um sich darum zu kümmern.

Gleich nachdem sie gegangen waren, brachte Mrs. Peters Julians Abendessen, denn sie hatte es eilig, alles zu erledigen und nach Hause zu kommen. Jetzt ist es zwanzig Minuten nach sechs.

Ich verbrachte einen recht einsamen Abend und ging um neun ins Bett.

Sonntag, 10. August

Wir sind kurz nach sechs aufgestanden. Es war ein besonders kühler Morgen mit Wind aus Nordwest, und düstere und zornige Wolken hingen verstreut am Himmel, besonders Richtung Norden. Als wir Milch holen gingen, brachte Luther Butler seine Meinung zum Ausdruck, dass die Maisernte in dieser Saison nicht sonderlich gut ausfallen werde. Tatsächlich scheint es kein richtiger Sommer zu werden.

Ich bekam das Frühstück, und der Morgen verging ohne Vorkommnisse bis ungefähr zehn, als wir uns zum See aufmachten. Dort brach der kleine Mann einen alten Ast von einem Baum und machte sich sehr ernsthaft ans Fischen. Eine solche Beharrlichkeit verdient zweifellos besseren

Lohn, als sie wahrscheinlich erhalten wird; dennoch scheint er es zu genießen und bleibt immer ohne erkennbare Enttäuschung zurück. Danach warfen wir Steine in den See, und ich lag am Ufer unter den Bäumen und beobachtete seine kleinen Unternehmungen, sein nimmermüdes Tun, das so munter wie die Sonne einen gespiegelten Freudenstrahl auf meinen Trübsinn warf. Vom See aus schlenderten wir bergauf, kämpften gegen Wollkraut und Disteln, und ich setzte mich an den Rand eines hochgewachsenen Kiefernwaldes. Er findet an jeder denkbaren Stelle, die wir erreichen, so viel, das ihm Freude macht, dass er sich stets hartnäckig dagegen wehrt weiterzugehen. Nachdem wir hier eine Zeitlang geblieben waren, gingen wir durch den Wald zu dem dahinterliegenden Feld, wo er darauf bestand, dass ich mich auf einen großen Felsen setzte und ihn im Sand buddeln ließ; und das tat ich auch. Hier grub der alte Knabe kleine Löcher und machte Sandhaufen und stellte sich vor, seine Konstruktionen seien Elfenhäuser; und er hätte wohl bereitwillig den Rest des Tages dort verbracht, wenn ich es ebenso zufrieden gewesen wäre wie er. Wir gingen heimwärts, an der kalten Quelle vorbei, aus der wir tranken, und als wir das Haus erreichten, war es nach eins.

Zum Mittagessen gab ich ihm Brot und Wasser und einen kleinen Rest Mehlpudding, und ich selbst aß ein Stück Kuchen und eine Gurke. Dann gingen wir nach draußen und fütterten die Hühner, wonach ich mich auf den Talhang legte und eine Zigarre rauchte, während die Sonne aus dem klaren blauen Himmel warm und freundlich auf mich herabschien, ohne dass die Wärme zu drückend war. Julian tollte derweil herum, nicht so weit weg, dass er das Gefühl von Gesellschaft verlor, doch so fern, dass er sich nur schreiend mit mir unterhalten konnte; und wann immer er schrie, schrie eine klare Kinderstimme in der Ferne etwas leiser genau dieselben Worte. Es war ein Echo. Und so sind wir bei halb drei angelangt. Der alte Knabe reitet nun auf seinem Schaukelpferd und redet so schnell mit mir, wie seine Zunge vermag. Gott sei mir gnädig, wurde je ein Mann so sehr mit Kindergerede gepeinigt wie ich! Es ist der Wunsch nach Anteilnahme, der diesem Schwall aus Geplapper zugrunde liegt. Er will jede seiner Vergnügungen steigern, indem er sie einem Freund ans Herz legt. Ich denke nicht, dass er fürchten muss, ein so einsames Leben zu führen, wie ich es geführt habe.

Während des Nachmittags pflückten wir ein paar Johannisbeeren, die ich zerdrückte und von denen ich ihm etwas zum Abendessen gab. Als dies vorüber war (und wir waren vor sechs damit fertig), gingen wir zur Scheune hinaus. »Ein schöner Morgen, nicht wahr, Vater?«, sagte er, als wir durch die Tür traten. Ich wünschte, ich könnte alle seine Sprüche notieren, aber sie scheinen es nicht wert zu sein, aufgeschrieben zu werden, bis ich sie so weit vergessen habe, dass ich mich nicht mehr vollständig an sie erinnern kann. Heute bemerkte er, nachdem er jede Menge Disteln geschlagen hatte: »Die ganze Welt ist eine große Ahle!« Er vermutet, dass ich ihn nicht für sonderlich klug halte, also fragte er heute Nachmittag: »Vater, denkst du, dass ich überhaupt nichts weiß?« – »In der Tat«, sagte ich. »Aber ich wusste, wie man die Boudoirtür zumacht, als du es nicht wusstest«, erwiderte er. Ich bin sehr froh, dass er dieses eine Beispiel praktischer Weisheit besitzt (obwohl es nur ein Zufallstreffer war), um sich damit zu trösten. Dennoch glaube ich wirklich, dass er das Zeug dazu hat, Weisheit zu erlangen, wenn die Zeit reif ist; und möge der Himmel verhüten, dass es allzu bald dazu kommt.

Beim Zubettgehen verwöhnte ich ihn mit etwas, das ihm lieber zu sein scheint als alles andere – ein wildes Scheingefecht, bevor ich ihn auszog, und um sieben Uhr war er endlich in den Federn. Lasst es mich einmal klar und deutlich sagen, dass er ein süßer und lieber kleiner Junge ist und all der Liebe würdig, die ich ihm nur geben kann. Gott sei Dank! Gott segne ihn! Gott segne Phoebe dafür, dass sie ihn mir geschenkt hat! Gott segne sie, die beste Frau und Mutter auf Erden! Gott segne Una, die mir fehlt! Gott segne die kleine Rosebud! Gott segne mich zum Wohle Phoebes und meiner Familie! Kein Mann hatte je eine so gute Frau, keiner hatte bessere Kinder. Wenn ich ihrer nur würdiger sein könnte!

Meine Abende sind alle trostlos, einsam und ohne die Bücher, die ich gerade gern lesen würde, und dieser Abend war wie die anderen auch. So ging ich ungefähr um neun ins Bett und sehnte mich nach Phoebe.

Montag, 11. August

Der kleine Mann sprach mich irgendwann mitten in der Nacht an und sagte sehr leise, er habe keine sehr angenehmen Träume. Zweifellos hatten die Johannisbeeren, die er zum Abendbrot gegessen hatte, einen schlechten Einfluss auf ihn, und ich konnte sie tatsächlich in seinem Magen grummeln hören. Er hörte sie selbst rumoren, aber er wusste nicht, wo das Geräusch herkam, und fragte mich, worum es sich handelte. Nach einer Weile schlief er wieder ein und schlief ein wenig länger als gewöhnlich, so lang, dass ich kurz vor sieben aufstand, badete und ihn schließlich wecken musste. Mrs. Peters kehrte zurück, bevor er mit dem Baden fertig war. Er mampfte eine Scheibe Brot, während wir zusammen die Milch holen gingen. Es war ein klarer, ruhiger und ziemlich kühler Morgen.

Nach dem Frühstück erntete ich ein paar Buschbohnen und eine große Menge Sommerkürbisse, dann kräuselte ich die Haarpracht des alten Gentleman und ging nach oben, um mich selbst zu frisieren. Vor zehn brachen wir zu einem Spaziergang entlang des Berghangs auf der

Hudson Road auf. Das Wetter hätte nicht prächtiger sein können; warm, aber nicht zu warm, außer im prallen Sonnenlicht, und eine sanft wehende Brise, welche die Erinnerung an einen Eisberg in sich trug so wie alle Brisen in diesem Sommer. Es war ein sehr angenehmer Spaziergang. Der alte Knabe (der es wirklich verdient hat, zum Ritter der Distel geschlagen zu werden) vollbrachte Heldentaten gegen seine alten Widersacher, und auch ich scheute nicht vor dem Kampf zurück. Er fand zudem viele Blumen und war von ihrer Schönheit begeistert, wobei er seine Lobreden oft völlig reizlosen Exemplaren widmete. Doch sein Gefühl für alles Wachsende ist echt. Im Wald gegenüber von Mr. Flints Anwesen sahen wir einige Männer Bäume fällen, worüber er sich sehr erboste und sagte, er wolle lieber auf Feuer verzichten und kalte Milch trinken. Wir gingen ein gutes Stück weit die Straße entlang, bis wir in Sichtweite eines Hauses gelangten, das anscheinend am höchsten Punkt des Waldes steht und zugleich am tiefsten in ihm. Dort kehrten wir um und rasteten auf ein paar Baumstämmen, die ein wenig abseits der Straße lagen. Der kleine Mann sagte, einer dieser

Stämme sei der *Riese Verzweiflung*, und der alte Riese sei tot; und er grub ein flaches Loch, welches, wie er meinte, das Grab des Riesen sein sollte. Ich wandte ein, es sei nicht halb so groß, wie es sein musste, doch er klärte mich auf, dass der *Riese Verzweiflung* im Augenblick seines Todes ganz klein geworden sei.

Während wir dort saßen, fuhr ein Mann in einer vierrädrigen Kutsche vorbei, und gleich darauf erschien ein hübscher Zweispänner mit zwei Damen und einem Gentleman mit Backenbart darin, die auf dem Waldweg einen überaus fröhlichen Anblick boten; und aus der Gegenrichtung kam ein Wagen, der von einem Knaben gelenkt wurde und eine Frau und ein kleines Mädchen mit sich führte, die, wie ich vermute, seine Mutter und Schwester waren. Die Frau stieg aus, kam auf mich zu und fragte, ob ich irgendwelche umherstreunenden Hühner gesehen hätte! Offenbar waren ein paar Hühner aus dem Wagen gefallen, als sie heute Morgen auf dieser Straße gefahren waren, und nun suchten sie nach ihnen; allerdings hätten sie meiner Meinung nach mit ungefähr gleich viel Aussicht auf Erfolg auch Wildvögel aus den Bäumen herbeirufen können. Doch als wir uns wieder auf den Weg machten, suchten sie ihre Hühner immer noch, und der Knabe rief mit einem etwas kläglichen Unterton »Tschick, tschick, tschick!«. Soviel ich weiß, ruft er immer noch nach ihnen. Aber die Hühner sind in den wilden Wald davon und werden sich womöglich mit Rebhühnern vermählen oder eine Rasse von Wildhühnern begründen. Julian und ich gingen langsamer heimwärts, als wir fortgegangen waren, denn inzwischen brannte die Sonne ziemlich heiß, und unser Spaziergang war recht lange gewesen. Wir fanden Sträucher mit wilden Brombeeren am Wegrand, aber ich erlaubte ihm nur sehr wenige zu essen, deshalb hatte ich das meiste von dem, was er auf seiner kleinen Handfläche gesammelt hatte, für mich selbst. Es war ungefähr zwölf, als wir das Haus erreichten.

Heute hatte er seltsam Sehnsucht nach seiner Mutter und Una und verkündete mit großem Nachdruck, wie sehr er sie liebe. Ich denke nicht, dass er Rosebud schon einen Platz in seinem Herzen gegeben hat, obwohl er in einem selbstverständlichen Ton ja sagte, als ich ihn fragte, ob er sie nicht auch liebe. Es ist nun halb drei, und er möchte gern einen Spaziergang zum See unternehmen.

Also gingen wir hin, und dort nahm er sich einen kahlen Ast und begann wieder zu fischen – armer, geduldiger kleiner Angler, der er ist! Ich lag eine ganze Weile am grünen Saum des Sees, teils im Schatten und teils in der Sonne. Die Brise schien aus dem Süden zu kommen und war ziemlich frisch, sodass sie zwischen den Bäumen sang und kleine Wellen gegen das Ufer trieb. Ich schlief beinahe ein, doch immer dann, wenn ich meine Augen öffnete, war da der unermüdliche Fischerjunge. Schließlich schlug er vor, »Mutters Felsen« zu besuchen, wie er einen großen Stein unter einigen Walnussbäumen getauft hatte, wo die Kinder letzten Herbst mit Phoebe Nüsse gesammelt hatten. Er informierte mich, dass er, wenn er erwachsen sei, bei dem Felsen ein Haus für seine Mutter bauen werde und dass ich vielleicht auch dort wohnen dürfe. »Wenn ich erwachsen bin«, sagte er, »muss jeder auf mich hören!« Wir besuchten »Mutters Felsen«, und dann las er die Nüsse vom Vorjahr auf und knackte sie in dem hartnäckigen Glauben, in jeder davon einen essbaren Inhalt zu finden; er schien aber auch nicht sonderlich enttäuscht, als er merkte, dass sie alle verfault waren. Wir blieben eine Zeitlang dort und gingen dann über Weideland nach Hause, und der kleine Mann sprang unentwegt über die hohen Gräser und die Büschel der Strohblumen – während ich seine überbordende Munterkeit mit meinen eigenen zögerlichen Schritten verglich und zufrieden war, dass er jung war und ich nicht. Wir kamen ungefähr um fünf zu Hause an.

Ich habe gerade, um viertel nach sieben, den alten Knaben ins Bett gesteckt. Er äußerte die Befürchtung, dass er den schlechten Traum von letzter Nacht noch einmal träumen müsse, doch ich sagte ihm, dass er wahrscheinlich ohne Probleme schlafen werde, weil er heute Abend keine Johannisbeeren gegessen habe. Er sagt, der Traum habe von Hunden gehandelt.

Ins Bett um ungefähr neun.

Dienstag, 12. August

Kurz nach sechs aufgestanden. Der alte Gentleman sagte, er habe eine sehr angenehme Nacht gehabt und keine Träume. Ich meinerseits schien mich die ganze Nacht herumgewälzt zu haben, was um so merkwürdiger ist, da ich nicht einen Bissen zum Abendbrot hatte. Der Morgen war warm, mit teilweise bedecktem Himmel und Nebel auf den Bergen. Die Sonne kam hervor, als wir Milch holen gingen, verschwand aber bald wieder. Julian hüpfte in der besten Laune, die man sich vorstellen kann, herum. Er gibt diese Woche eine sehr lustige kleine Figur ab; seine Hosen sind besonders kurz, sodass ein großes Stück nacktes Bein hervorschaut, von dem ein Teil braungebrannt und der Rest weiß ist.

Als ich vom Ankleiden nach dem Frühstück herunterkam, fand ich auf dem Tisch einen Brief von Phoebe, in dem sie ihre Rückkehr für Donnerstag ankündigt. Julian hat sich in den Kopf gesetzt, dass sie morgen zurückkommt, und er will es sich nicht ausreden lassen.

Um ungefähr elf machten wir unseren immergleichen Spaziergang zum See, wo der alte Gentleman natürlich sein Fischfangvergnügen fortsetzte. Es wäre ein vorzüglicher Tag gewesen, um richtig zu angeln, mit der Stille und Bewölkung, doch bevor wir den See verließen, bewegte und kräuselte eine Brise seine Oberfläche. Es war fast

Mittag, als wir heimkehrten, aber der kleine Mann musste vorläufig mit einer Scheibe Brot beschwichtigt werden und schmauste danach reichlich Reis, Kürbis und Bohnen. Nach dem Mittagessen setzte ich mich mit einem Buch ins Boudoir, und zum ersten Mal, seit seine Mutter fort ist, war er für die Dauer einer Stunde in unbekannte Regionen entschwunden. Schließlich dachte ich, es sei an der Zeit, nach ihm zu sehen, denn nun, da ich mit ihm allein bin, habe ich all die Sorgen seiner Mutter zusätzlich zu den meinen. So ging ich zur Scheune und zu den Johannisbeerbüschen und rief nach ihm überall im Haus, ohne eine Antwort zu bekommen, und ich setzte mich schließlich ins Heu, ohne zu wissen, wo ich noch nach ihm suchen sollte. Doch schließlich lief er durch das Haus, hielt mit lächelndem Gesicht seine kleine Faust in die Höhe und rief, er habe etwas sehr Gutes für mich. »Etwas Gutes« erwies sich als ein zermatschter Brei aus Himbeeren, Brombeeren und Stachelbeeren, die sich seit über einer Stunde in seiner Hand vermengt hatten; eine persönliche Art der Zubereitung, die seine Mutter sicher geschätzt hätte. Ich brachte es nicht übers Herz, sein Geschenk gänzlich zurückzuweisen, also nahm ich ein paar von den Stachelbeeren, die zufällig nicht zerdrückt waren, und erlaubte ihm, den Rest zu essen, denn er sagte, er habe keine einzige Beere gekostet.

Da es inzwischen schon vier geworden war, zog ich ihn und mich an, und wir machten uns auf den Weg ins Dorf. Es gab nur wenige Wolken, die sich manchmal freundlicherweise vor die Sonne schoben, doch es schien der heißeste Tag des ganzen Sommers zu sein, und ich litt wirklich unter der Hitze – eine schwere, brütende, drückende Hitze. Im Dorf fand ich eine Nachricht von E. P P., eine weitere von Longfellow und eine von einer Dame, die um ein Autogramm bat. Auf unserem Nachhauseweg war der kleine Mann so müde und erhitzt, dass er mich bat, ihn zu tragen, und er verkündete, er wolle nie wieder ins Dorf und nicht einmal mehr zum See gehen. Es war wirklich ein sehr ermüdender Spaziergang gewesen. Und jetzt, um sieben Uhr, werde ich ihn ins Bett bringen.

Als ich im Garten war, nachdem ich Julian ins Bett gesteckt hatte, kam Mrs. Tappan die Straße entlang und bat mich, mit ihr nach Hause zu gehen, um zu schauen, ob sie irgendwelche Bücher habe, die mich interessierten. So ging ich mit und nahm mir ein Exemplar von *Harper's Magazine* und ein oder zwei andere Zeitschriften. Ich hatte ihr einen Brief von Ellery Channing mitgebracht, in welchem er einen Besuch vorschlägt, doch sie wird vorläufig ablehnen, weil sie zu wenig Platz hat und ein Baby im Haus. Sie fragte mit offenkundiger Ernsthaftigkeit, ob *wir* nicht ihren Gast empfangen könnten!!! Unser Haus sei so viel größer als ihres, und wir hätten kein Baby. Ich blätterte bis halb zehn in den Zeitschriften, dann zu Bett.

Mittwoch, 13. August

Der kleine Mann regte sich nicht so früh wie sonst, so stand ich schließlich auf, nachdem ich schon eine Zeitlang wachgelegen hatte, und merkte, dass es fast sieben Uhr war. Ich wusch mich, bevor ich ihn rief. Es war ein trüber Morgen, mit Nebelschwaden, die schwer auf all den Bergen ruhten, doch hier und da konnte man sehen, wie Sonnenstrahlen sie durchdrangen, und alles deutete auf einen heißen und sonnigen Tag hin. Ich vermute, dieser Nebel und die Bewölkung sind lokal begrenzt, sodass Phoebe wahrscheinlich einen schönen Morgen haben wird, wenn sie sich auf den Heimweg macht. Letztlich scheint Julian mit seiner hartnäckigen Behauptung, seine Mutter werde heute zurückkehren, doch Recht gehabt zu haben. Allerdings hat er die Vorstellung jetzt anscheinend aufgegeben und findet sich mit ihrer Verspätung bis morgen ab. Dennoch beschäftigt ihn dieses Thema unablässig, und als er mich gerade eben in sauberen Leinenhosen erblickte, fragte er, ob ich sie für Mama angezogen habe. Als wir die Milch holen gingen, sprach er davon, wie er sich freuen und was er tun werde, wenn seine Mutter eintrifft, doch auf unserem Nachhauseweg sprach er von Una und wie sie ihn geärgert habe und was er machen solle, wenn sie ihn wieder ärgere. Ich bezweifle, dass der arme kleine Mann je zuvor eine so friedliche Zeit erlebt hat wie mit mir – und ob er je wieder eine solche erleben wird.

Um zehn Uhr unternahmen wir einen Spaziergang in Tanglewood, ohne irgendwelche Abenteuer, und kehrten um elf heim. Den Rest des Vormittags haben wir im Haus verbracht, denn es war sehr warm, und Julian wollte sich nicht bewegen. Er klagt, er fühle sich nicht wohl, kann aber seine Symptome nicht beschreiben. Ich glaube fast, das Mittagessen wird ihn wieder aufmuntern. In der Zwischenzeit habe ich ihm eine Dosis Akonit verabreicht, die beste Medizin, die mir in den Sinn gekommen ist. Seine Verdauung scheint nicht im Geringsten gestört zu sein. Unser heißer und ermüdender Spaziergang gestern hat ihn vielleicht angegriffen.

Nach dem Essen gingen wir hinaus und setzten uns eine Zeitlang unter die Bäume, den Rest des Nachmittags haben wir im Haus verbracht; mit der Ausnahme, dass der kleine Mann hinausging, um zuzusehen, wie eine Fuhre Heu in die Scheune verladen wurde, und hinterher eine kurze Fahrt auf dem Heuwagen unternahm. Um fünf Uhr klagte er über Kopfschmerzen, und ich gab ihm eine Dosis Belladonna. Gegen Abend wurde er munter, aß ein gutes Abendbrot und schien insgesamt so gesund wie üblich. Tatsächlich hatte er keinen Moment lang wirklich krank gewirkt. Um sieben warf er sich mit großer Begeisterung in sein geliebtes Scheingefecht und ist nun im Bett. Ich hatte gehofft (da ich mich ohne zu zweifeln auf den Brief von E. P P. verlassen hatte), dass er heute Abend vor dem Schlafengehen seine Mutter sehen würde.

Ich blätterte während des Abends in einer Zeitschrift und ging um neun ins Bett.

Donnerstag, 14. August

Ich lag mitten in der Nacht sehr lange wach und schlief erst gegen Morgen ein, und der kleine Mann erwachte früher als ich. Nach einer kleinen Verzögerung standen wir beide auf und merkten, dass es noch nicht einmal sechs war. Er schien recht munter und bei guter Gesundheit.

Als wir die Milch holen gingen, sahen wir einen matten Regenbogen, denn es gab einen kaum wahrnehmbaren Schauer, und die Sonne blinzelte gleichzeitig schwach hervor. Ich befürchte aufgrund nachfolgender und gegenwärtiger Erscheinungen, dass sich damit für heute schlechtes Wetter ankündigt. Der alte Gentleman philosophierte über Regenbögen, während wir unterwegs waren, aber ich erinnere mich an nichts von dem, was er sagte, außer dass das Sonnenlicht das Licht des Regenbogens sei. Beim

Frühstück steigerte er sich in eine Phantasievorstellung hinein und erzählte, wie er zu den Wolken aufsteigen und sie wegfegen werde, damit seine Mutter schönes Wetter habe, wenn sie nach Hause kommt. Er verkündete zudem, dass er Monument Mountain an dessen längster Seite hochkant aufstellen wolle; ich glaube, damit er daran zu den Wolken hinaufklettern könne. Als er einen Kuchen bemerkte, den Mrs. Peters für mich auf den Tisch gestellt hatte, wurde er mit seinem eigenen Frühstück unzufrieden und wollte etwas anderes als das gewöhnliche Brot und die Milch. Ich erzählte ihm, dass sein Brot heute Morgen Hefe enthalte, woraufhin er es mit großem Appetit zu essen begann und es für besser hielt als alles, was er je gekostet hatte.

Ungefähr eine Stunde nach dem Frühstück wurde er von Bauchschmerzen heimgesucht, und ich gab ihm etwas Pulsatilla. Es schien ein recht heftiges, aber wirkungsloses Zwicken zu sein und keinerlei Folgen zu haben. Nun ist es vergangen, und er blättert bei bester Laune im deutschen Bilderbuch. Der Tag hat sich offenbar zuletzt entschieden, wolkig und trübselig zu werden, wenn nicht überhaupt ganz unfreundlich. Allerdings weiß ich nicht, ob es für Phoebes Reise nicht angenehmer sein wird als die gestrige Hitze. Wenn sie nur schon hier wäre! Nun ist es halb zehn, und nach weiteren acht Stunden wird es Zeit sein, dass wir die Räder ihres Triumphwagens vernehmen.

Da es kalt und bewölkt war, verbrachten wir den ganzen Vormittag im Haus. Der alte Knabe ist sehr glücklich gewesen; er vergnügte sich damit, Papier zu schneiden, Bilder anzuschauen, sein Schaukelpferd zu reiten und unentwegt auf mich einzureden – ohne einen Augenblick schlechter Laune (zu der er tatsächlich kaum fähig ist) und ohne griesgrämig zu sein. Seine Bauchschmerzen sind nicht zurückgekehrt. Er aß ein gutes Mittagessen aus Makkaroni, Reis, Kürbis und Brot, und ich hoffe, seine Mutter wird vor Abend hier sein, um ihn in perfektem Zustand aus meiner Hand zu empfangen und sich an seinem Geplapper zu erfreuen, das seit fast drei Wochen wie ein Bach durch alle meine Gedanken fließt. Er erwartet ihre Rückkehr heute nicht besonders lebhaft. Er hat noch keine genauere Vorstellung von »bald« oder »jetzt« als von jedem anderen Zeitbegriff. Ich meinerseits werde bitter enttäuscht sein, wenn sie heute Abend nicht kommt.

Um drei oder ein wenig später beharrte Julian so nachdrücklich darauf, zum See zu gehen, dass ich nachgeben musste, insbesondere da die Sonne ziemlich entschieden zum Vorschein gekommen war. So zogen wir los, und das Männlein war so fröhlich, wie man es sich nur vorstellen kann, und überschlug sich sogar ein oder zwei Mal aus einem nichtigen Grund vor Lachen. Als wir den See erreichten, kam er zur Vernunft und begann zu angeln, mit der ganzen Würde eines uralten Fischers. Inzwischen war der Himmel wieder bewölkt, und der See wirkte wild und zornig, als die Windstöße über ihn hinwegfegten. Ich befürchtete, dass es dem alten Gentleman zu kalt werden könnte, wenn er zu lange bei seiner ruhigen Beschäftigung blieb, und so rief ich ihn bald fort, und wir erkämpften uns unseren Heimweg durch jene unerschöpflichen Feinde, die Disteln. Nun ist es kurz vor fünf, und innerhalb der nächsten Stunde, bestimmt, oder ein klein wenig länger, wird Phoebe zweifellos auf uns herabscheinen. Tatsächlich kommt es mir wie eine Ewigkeit vor, seit sie fortging. Ich glaube, ich höre gerade das Geräusch von Rädern. Es war nicht sie.

Julian hat eben gerufen: »Oh, ich wünschte, Mutter würde kommen! Ich möchte sie so gern sehen! – sie sehen! – sie sehen! – sie sehen! Vater, vielleicht ist Rose schon erwachsen, wenn wir sie wiedersehen!«

Unvorstellbar zu sagen, dass sie nicht gekommen ist! Ich brachte Julian nicht lange nach sechs ins Bett und machte mich dann auf den Weg zum Postamt. Es war ein klarer und schöner Sonnenuntergang mit frischen, septemberhaften Temperaturen. Zu meinem zusätzlichen Erstaunen fand ich keinen Brief vor, sodass ich zu dem Schluss kam, dass sie die Absicht gehabt haben muss, heute heimzukehren. Es könnte sein, dass es heute Morgen in der Umgebung von Boston heftig geregnet hat, was ihre Abreise verzögerte. Ich traf Mrs. Tappan kurz bevor ich zu Hause ankam, und sie sagte, Mr. Ward, der Phoebe und die Kinder hätte begleiten sollen, sei nicht eingetroffen. Nicht unwahrscheinlich, dass er der Grund für die Verspätung ist.

Ich las während des Abends die Zeitung bei sehr schwachem Lampenlicht und ging um halb zehn ins Bett.

Freitag, 15. August

Wir standen heute Morgen nicht vor sieben Uhr auf. Es war sehr klar und voll herbstlicher Frische, mit einer Brise aus Nordwest. Ich zog dem alten Gentleman eine Strickjacke an, bevor wir Milch holen gingen, doch ich fürchte, seine armen kleinen bloßen Beine müssen sich in den Lücken zwischen den Strümpfen und seiner kurzen Hose ziemlich ungeschützt angefühlt haben. Er stapfte jedoch lebhaft einher und fiel während des Spaziergangs drei Mal hin. Auf unserem Nachhauseweg trafen wir drei Damen zu Pferd, die von einem Gentleman begleitet wurden, und der kleine Mann fragte mich, ob ich die Damen im Gegensatz zu ihm hübsch finde. Sie waren nach meiner Einschätzung wirklich ziemlich hübsch, doch ich vermute, dass ihre Erscheinung als Reiterinnen nicht seinem Geschmack entsprach, und ich stimme ihm zu, dass eine Frau in einer solchen Haltung ein monströser und unerfreulicher Anblick ist. Doch der alte Knabe ist in Schönheitsfragen überaus kritisch, obwohl ich denke, der wahre Grund für seinen Tadel liegt gewöhnlich in irgendeinem

Unrecht, das seinem Gefühl für Angemessenheit und Schicklichkeit angetan wurde. Allerdings ist dieses Gefühl bei ihm manchmal konventionell. Zum Beispiel leugnete er, dass die Quäker-Dame, die mich besuchte, hübsch war, aber es stellte sich heraus, dass er den ungewohnten Stil ihres Kleides und ihr »thee« und »thou« nicht mochte.

Um zehn brachen wir zu einem Spaziergang zum See auf. Den ganzen langen Weg und während des gesamten Ausflugs redete Julian ständig vom Riesen Verzweiflung, und er schrieb all seine Missgeschicke dieser böswilligen Person zu. Er trat zufällig in einen frischen »Kuhdreck«, wie Una es nennt, und sagte, der Riese habe ihn dort deponiert, um ihn zu ärgern. Als wir zu dem offenen Abschnitt des Shadow Brook kamen, legte ich mich ans Ufer, in die pralle Sonne, und sonnte mich dort mit dem angenehmen Gefühl von zu viel Wärme, während mich zuweilen ein Windhauch erreichte und mich mit seiner Herbheit erfrischte. Und hier rauchte ich eine Zigarre; zum Teil hier und zum Teil am Ufer des Sees. Auf seine Art ist es ein perfekter Vormittag, nur dass er ungefähr einen Monat zu früh kommt. Julian angelte wie üblich im See und warf danach Steine ins Wasser und schien nie genug davon zu bekommen, seine Ufer heimzusuchen, nicht anders als der Eisvogel, den wir dort oft von einem verwitterten Ast zum nächsten flattern sahen. Doch ich wurde nach einer Weile müde und bestand darauf, nach Hause zurückzukehren, wo wir um punkt zwölf ankamen.

Nun ist es halb fünf. Wir haben heute keinen weiteren Ausflug unternommen, sondern im und um das Haus herumgetrödelt. Julian hat offenbar keinerlei zwingendes Gefühl, dass seine Mutter kommen wird, obwohl er ein oder zwei Mal gesagt hat, was für ein guter Tag es für sie wäre heimzukehren. Vielleicht ist sie mittlerweile im Dorf. Ich spüre, dass sie kommen wird, doch nach den vorherigen Enttäuschungen betrachte ich das nicht als sicher. Julian scheint sich übrigens vollkommen wohl zu fühlen; allerdings muss ich sagen, dass sein Haar heute noch schlimmer aussieht als je zuvor während ihrer Abwesenheit. Und das, obwohl ich es so sorgsam gekräuselt habe, wie ich konnte. Er hat außerdem noch seine wollene Strickjacke an, was seine Erscheinung schrecklich entstellt, doch er lässt sich nicht dazu überreden, sie abzulegen; so wird seine Mutter vermutlich denken, er habe seit ihrem Abschied immer wie ein Schreckgespenst ausgesehen.

Bunny geht es offenkundig schlecht. Gestern schien er indisponiert zu sein, und heute ist es noch schlimmer. Er hatte gerade einen Anfall von Schüttelfrost. Julian denkt, er habe das Scharlachfieber, weil dies die einzige Krankheit ist, mit der er je Bekanntschaft gemacht hat.

Gerade ist Mr. Ward hier gewesen (um halb sechs) und erwartete zu erfahren, dass Phoebe gestern angekommen sei. Dies macht das Rätsel noch größer. E. P P. schrieb mir, er werde sie am Mittwoch begleiten. Er war gehindert worden, an jenem Tag zu kommen, hatte aber angenommen, dass sie mit Mrs. Minott am Donnerstag eintreffen werde. Wo kann sie nur sein?

Ich brachte Julian sehr bald nach dem Abendessen ins Bett und machte mich sofort auf den Weg ins Dorf. Immer noch kein Brief von Sophia. Ich vermute, sie muss sich hinsichtlich Mr. Wards Reiseplänen irgendwie geirrt haben, und hat in der Annahme auf ihn gewartet, dass er sie begleiten würde. Am Postamt wartete eine große Kiste auf mich, die wahrscheinlich ihre Besorgungen aus Boston enthält. Nachdem ich heimgekehrt war, verbrachte ich den Abend mit dem Lesen der Zeitungen. In einer von ihnen (der *New York Evening Post*) las ich einen Bericht über die Verleihung der akademischen Grade an der Wesleyan University, Middletown, Conn. Eine der Bakkalaureatsreden war eine »moderne klassische Rede« von Edwin Holsey Cole aus Cromwell über mich! Ich verstehe den Sinn dieser Darbietung nicht ganz und weiß nicht, ob sie auf Latein oder in der Landessprache präsentiert wurde, aber es hätte mich interessiert, sie anzuhören.

Ins Bett, untröstlich, kurz vor zehn.

Samstag, 16. August

Der kleine Mann war vor Tagesanbruch munter und blieb eine Zeitlang wach, wobei er natürlich auch mich wach hielt, doch nach einiger Zeit schlief er ein und schlief bis kurz vor sieben – wo wir beide aufstanden. Als ich das Badezimmer betrat, warf ich einen Blick in Bunnys Kiste, mit einer Art Vorahnung, was geschehen war; und tatsächlich, da lag das arme kleine Tier, steif und starr. Jener Anfall von Schüttelfrost gestern hatte bei mir einen überaus fatalen Eindruck hinterlassen. Ich habe keine Ahnung, was ihm fehlte, seine Verdauungsfunktionen dürften in Ordnung gewesen zu sein, und seine Symptome hatten allein darin bestanden, dass er während der letzten Tage nicht fressen und sich nicht bewegen wollte. Julian scheint an dem Ereignis interessiert zu sein und es eher aufregend als traurig zu finden. Er schrieb es, wie alle anderen Missgeschicke, dem Wirken des *Riesen Verzweiflung* zu, und als wir die Milch holen gingen, verkündete er, dies sei die bösartigste Tat des Riesen gewesen – »noch böser« als der Kuhdreck, den er gemacht hat.

Nach dem Frühstück grub ich ein Loch, und wir beerdigten den armen Bunny im Garten, und der alte Gentleman verlieh seiner Hoffnung Ausdruck, dass bis morgen eine Blume über ihm wachsen werde. Nachdem ich Julians Haarpracht gekräuselt und mich rasiert hatte, schickte ich ihn hinüber nach Highwood, mit einer Nachricht an Mrs. Tappan, die sie über die große Kiste auf dem Postamt informierte und darauf hinwies, dass diese wahrscheinlich ihren Reis enthielt; außerdem deutete sie an, dass sie ihn vielleicht nie bekommen würde, wenn sie keinen Wagen losschickte, um die Kiste abzuholen. Da dies der richtige Weg war, die Angelegenheit darzustellen, sah sie es auch im richtigen Licht und sagte Julian, sie werde den Wagen schicken. Nun ist es fast zehn, und Julian quält mich, mit ihm zum See zu gehen. Gerade eben sagt er: »Vielleicht wird morgen ein Baum voller Bunnies gewachsen sein, und sie werden an ihren Ohren von all seinen Zweigen herabhängen!« Ich habe schon früher beobachtet, dass Kinder eine eigenartige Neigung haben, den Tod (zumindest den Tod von Tieren) für einen Witz zu halten, wenn auch auf eine eher ängstliche Art. Er hat über Bunnys Ableben ziemlich viel gelacht.

Wir gingen, dem Wunsch des alten Knaben entsprechend, zum See. Er hatte das kleine Schiff dabei, das sein Onkel Nat vor langer Zeit für ihn gebastelt hat und welches seit gestern sein liebstes Spielzeug ist. Er ließ es auf dem See zu Wasser, und wie es so auf den anschwellenden Wellen auf und ab schaukelte, sah es einer echten Schaluppe sehr ähnlich. Ich glaube, er wäre sehr zufrieden gewesen, wenn er hundert Jahre oder so mit keinem anderen Vergnügen als damit hätte verbringen können. In der Zwischenzeit holte ich die *National Era* aus meiner Tasche und las sie einigermaßen gründlich durch. Ich habe schon früher erlebt, dass es die beste Art ist, sich einen lebendigen Eindruck von einer Landschaft und ein Gefühl für sie zu verschaffen, wenn man sich vor sie hinsetzt und liest oder sich auf andere Weise in Gedanken vertieft, denn wenn der Blick zufällig von einer Landschaft angezogen wird, scheint man die Natur unversehens zu überraschen und sieht sie, bevor sie Zeit findet, ihr Antlitz zu ändern. Die Wirkung dauert nur einen einzigen Augenblick und vergeht fast im selben Moment, in dem man sich ihrer bewusst wird, doch für diesen einen Augenblick ist sie real. Es ist, als ob man hören und verstehen könnte, was die Bäume einander zuflüstern; als ob man einen flüchtigen Blick auf ein nacktes Gesicht erhascht, das sich sonst vor allen vorsätzlichen Blicken verschleiert. Das Geheimnis wird gelüftet, und nach ein oder zwei Atemzügen ist es so geheimnisvoll wie zuvor. Ich habe heute Vormittag einen solchen flüchtigen Blick erhascht, wenn auch nicht so vollkommen wie zu anderen Gelegenheiten. Es war halb eins, als wir heimkehrten.

Ich vergaß zu erwähnen, dass ich eine Nachricht für Mr. Steele am Postamt hinterlassen habe, in welcher ich ihn darum bitte, in Pittsfield auf Phoebe zu warten. Wenn sie heute nicht kommt – nun, ich weiß nicht, was ich dann tun werde.

Es ist schon fast sechs Uhr, und sie sind nicht gekommen! Sicherlich müssen, müssen, müssen sie heute Abend hier sein!

Innerhalb einer Viertelstunde, nachdem ich das Obige geschrieben habe, sind sie eingetroffen – alle wohlauf! Gott sei Dank.

Anmerkungen

5 HAWTHORNE, Sophia (1809–1871): Hawthornes Frau, geborene Peabody, im Tagebuch »Phoebe« genannt, wurde von ihrer Schwester Elizabeth Palmer Peabody unterrichtet und studierte Malerei. Über ihre Schwester, die in den Intellektuellenzirkeln der Transzendentalisten verkehrte, lernte sie Nathaniel Hawthorne kennen.

PEABODY, Elizabeth Palmer (1804–1894): Sophia Hawthornes Schwester, im Tagebuch »E. P P.« genannt, Pädagogin, Autorin, Verlegerin, gehörte zum Kreis der amerikanischen Transzendentalisten um Ralph Waldo Emerson und zu den Mitgliedern der Kommune Brook Farm. Sie veröffentlichte in ihrer Verlagsbuchhandlung Margaret Fullers Goethe-Übersetzungen, verschiedene Texte von Henry David Thoreau und drei frühe Werke Hawthornes. Sie eröffnete in Boston Amerikas ersten Kindergarten. Er basierte auf Erziehungsmodellen, die sie in Europa studiert hatte.

HAWTHORNE, Una (1844–1877): Tochter Hawthornes. Sie hatte ebenso wie ihre Geschwister die Absicht, Schriftstellerin zu werden, es ist jedoch nur ein Gedicht aus ihrer Feder überliefert, »Dead Sunshine«. Sie widmete sich gemeinnütziger Arbeit und unterstützte ein Londoner Waisenhaus. Im Februar 1877 verlobte sie sich mit dem jungen Autor Albert Webster, der kurz vor der geplanten Hochzeit während einer Reise nach Hawaii an Tuberkulose starb. Im September desselben Jahres starb die lebenslang unglückliche Una an einer Magenentzündung.

5 Hawthorne, Rose (1851–1926): Hawthornes jüngste Tochter, im Tagebuch »Rosebud« genannt, wollte eigentlich Schriftstellerin werden, studierte nach dem Tod ihrer Mutter Kunst. Sie heiratete mit zwanzig Jahren George Lathrop, einen Autor, der sich als Trinker und Taugenichts erwies. Nach der Trennung vom Ehemann und dem Tod ihres ersten und einzigen Kindes durch Diphterie gründete sie ein Hospiz in New York und widmete als »Mother Alphonsa« ihr Leben fortan der Pflege von Armen und Kranken.

Hawthorne, Julian (1846–1934): brach nach dem Tod seines Vaters sein Studium in Harvard ab, bekam von James Russell Lowell Privatunterricht in Deutsch, studierte Tiefbau in Dresden (ohne Abschluss), arbeitete als Ingenieur in New York und wurde schließlich Schriftsteller, obwohl er selbst an der Qualität seiner Romane zweifelte. Seine Biographien *Hawthorne and His Wife* und *Hawthorne and His Circle* erschienen 1884 und 1903. 1912 wurde er wegen Betrugs zu einem Jahr Gefängnis verurteilt, nachdem er sich auf dubiose Geschäfte eingelassen und Anteile an einer offenkundig wertlosen Silbermine verkauft hatte. Er heiratete im Alter von vierundzwanzig Jahren und hatte zehn Kinder.

7 Bunny: ein zahmes Kaninchen, auch *Hindlegs* (»Hinterbeine«) und *Spring* genannt.

8 Peters, Mrs.: Haushälterin und Köchin der Hawthornes.

Mann, Mary Peabody: Sophia Hawthornes ältere Schwester, verheiratet mit dem einflussreichen Pädagogen Horace Mann.

11 Butler, Luther: Nachbar, Bauer in Lenox. Die Hawthorne-Kinder hielten Mr. Butler für jenen Luther, der ein Tintenfass nach dem Teufel geworfen hatte.

11 Barnes, Mr.: Schwiegervater von Hawthornes Nachbar Luther Butler.

15 Butler, Marshall: Sohn des benachbarten Landwirts Luther Butler.

16 Tappan, Caroline: Frau des New Yorker Aktienhändlers William Aspinall Tappan. Die Familie Tappan wohnte in Highwood, Lenox, auf dem Gut von Anna und Samuel Ward, während ihr eigenes Landhaus gebaut wurde.

Pendennis: Hawthorne las im Sommer 1851 *The History of Pendennis* (1848–50), einen autobiographischen Roman von William Makepeace Thackeray (1811–1863), der die Karriere eines jungen Journalisten in London nachzeichnet.

18 Pike, William: Inspektor im Bostoner Zollhaus, langjähriger Freund Hawthornes.

Birch, Mr.: Nachbar in Lenox.

James, George Payne Rainsford (1799–1860): ein englischer Autor historischer Romane, der 1850 mit seiner Familie nach New York übersiedelte und 1851 nach Stockbridge in den Berkshires umzog.

21 Atropos: »Die Unabwendbare«, eine der griechischen Schicksalsgöttinnen. Hawthornes scherzhafte Bezeichnung für Mrs. Peters: die schwarze Köchin und Haushälterin der Hawthornes, die sich auch um die Kinder, besonders um Julian, kümmerte. Als Mrs. Peters im Herbst 1851 kündigen wollte, überredete Sophia Hawthorne sie zu bleiben und brachte ihr Lesen und Schreiben bei.

23 Fourier, Charles (1772–1837): französischer Sozialphilosoph, der in seinen Schriften ein alternatives Gesellschaftsmodell entwarf, das auf landwirtschaftlichen Lebensgemeinschaften basierte. Deren Mitglieder sollten vollkommen gleichberechtigt sein, und die Arbeiten und

Pflichten wurden nach dem Rotationsprinzip verteilt. Seine Theorie war die Grundlage des utopischen Experiments Brook Farm, an dem Hawthorne einige Monate lang beteiligt war. Er beschäftigte sich erneut mit Fouriers Werken, als er die Erlebnisse in Brook Farm in seinem Roman *The Blithedale Romance* (1852) verarbeitete.

25 Bruin: Hund der Familie Tappan.

27 Farley, Frank: Hawthorne hatte Farley bereits 1841 in Brook Farm kennengelernt, einer Kommune in West Roxbury, Massachusetts, die auf Fouriers utopischer Idee einer klassenlosen Gesellschaft basierte.

Sedgwick, Elizabeth: Schwägerin der Schriftstellerin Catherine Maria Sedgwick, Leiterin einer Mädchenschule in Lenox.

Kemble, Fanny (1809–1893): Englische Schauspielerin und Autorin, berühmt für ihre Shakespeare-Lesungen, besaß ein Landhaus in der Nähe von Lenox, wo sie nach einer gescheiterten Ehe zwischen 1849 und 1862 lebte. Sie ritt oft am roten Haus der Hawthornes vorbei, und Julian erzählt in seinen Memoiren, dass sie ihn eines Tages vor sich auf das Pferd setzte und mit ihm querfeldein galoppierte.

Melville, Herman (1819–1891): traf Hawthorne im August 1850, bevor er sich in Pittsfield niederließ. In jenem Sommer schrieb er seinen umfangreichen Essay *»Hawthorne and His Mosses«*, in welchem er seinen Freund als amerikanischen Shakespeare feierte. Sein wichtigster Roman *Moby-Dick* (1851) ist Hawthorne gewidmet. Melville gilt als Vorbild der Figur Holgrave in Hawthornes Roman *The House of the Seven Gables* und der Figur Hollingsworth in *The Blithedale Romance*.

30 Duyckinck, Evert und George: Evert Augustus Duyckinck (1816–1878) arbeitete als Herausgeber der Buch-

reihen »Library of Choice Reading« und »Library of American Books« für das Verlagshaus Wiley & Putnam. Ab Januar 1847 übernahm er zusammen mit seinem jüngeren Bruder George Long Duyckinck (1823–1863) die Herausgabe der wöchentlich erscheinenden Literaturzeitschrift *Literary World*. Es war eine der ersten Zeitschriften mit Diskussionen, Kritiken und Vorabdrucken aktueller amerikanischer Literatur. Bis zu ihrer Einstellung im Jahr 1853 erschienen darin auch einige Essays, Romanauszüge und Rezensionen von Herman Melville. Sein Loblied auf Hawthornes Erzählungen, *»Hawthorne and His Mosses«*, wurde am 17. und 24. August 1850 in der *Literary World* veröffentlicht.

39 Wilcox, Mr.: Nachbar in Lenox.

42 Barney, Willy: Nachbar in Lenox.

44 Lowell, James Russell (1819–1891): amerikanischer Dichter, Essayist, Kritiker und Diplomat. Wie Longfellow und Hawthorne Mitglied im Bostoner Saturday Club.

44 Whittier, John Greanleaf (1807–1892): aus einer Quäkerfamilie stammender amerikanischer Dichter und Journalist, er engagierte sich für die Abschaffung der Sklaverei. Schrieb u. a. sozialkritische Texte für *The Harbinger*, die Wochenzeitung der Brook Farm.

James, Henry (1843–1916): sein Essay *»Hawthorne«* erschien 1879 und war die erste kritische Studie, die sich mit dem Autor auseinandersetzte.

48 Akonit: Eisenhut, wurde als Mittel gegen Fieber, Schmerzen und nervöse Unruhe eingenommen.

53 Waldo, Mr.: Nachbar in Lenox.

58 Mansfield, L. W.: ein junger Dichter, der Hawthorne um seine Meinung zu einem seiner Gedichte gebeten hat.

77 Flint, John: ein Nachbar der Hawthornes in Lenox.

78 Riese Verzweiflung: bösartige Figur aus *Pilgrim's Progress*, einer allegorischen Erzählung von John Bunyan (1628–1688), deren zwei Teile 1678 und 1684 erschienen waren.

84 Longfellow, Henry Wadsworth (1807–1882): der populärste amerikanische Dichter im 19. Jahrhundert. Besuchte mit Hawthorne das Bowdoin College, Brunswick, Maine. Die beiden waren eng befreundet und wollten gemeinsam ein Märchenbuch schreiben, das Vorhaben wurde jedoch nie in die Tat umgesetzt.

85 Channing, Ellery (1818–1901): Dichter aus dem Kreis der amerikanischen Transzendentalisten, Freund von Ralph Waldo Emerson und Biograph von Henry David Thoreau.

87 Belladonna: ein Mittel, das aus der schwarzen Tollkirsche gewonnen und bei beginnenden Krankheiten mit hohem Fieber und starken Schmerzen eingesetzt wird.

96 Minott, Mrs.: vermutlich Katherine Sedgwick Minot aus Boston, die ihre Verwandten in Lenox und Stockbridge besuchte.

92 Ward, Samuel: Eigentümer des Landguts Highwood in Lenox.

99 Peabody, Nathaniel: Sophia Hawthornes jüngerer Bruder, im Tagebuch »Onkel Nat«.

101 Steele, Mr.: Postkutschenfahrer aus Lenox.

Nathaniel Hawthorne (1804–1864), stammte aus einer alten Puritanerfamilie. Nach dem Tod seines Vaters, eines Kapitäns, wurden er, seine Mutter und seine beiden Schwestern von der Familie eines Onkels aufgenommen. Während des Studiums am Bowdoin College in Brunswick, Maine, begann Hawthorne erste Erzählungen zu schreiben, kehrte jedoch nach dem Abschluss in das Haus seiner Mutter nach Salem zurück, wo er zwischen 1825 und 1839 ein einsiedlerisches Dasein führte. Er veröffentlichte einige Erzählungen und einen melodramatischen Roman mit dem Titel *Fanshawe*, von dem er sich später distanzierte. 1839 erhielt er einen Posten am Bostoner Zollamt und verlobte sich mit Sophia Peabody, die er 1837 kennengelernt hatte. Zwischen 1846 und 1849 arbeitete er als Hafeninspektor in Salem. Nach seiner Entlassung begann er den Roman zu schreiben, der ihn berühmt machen sollte: *Der scharlachrote Buchstabe* (1850). Wie in vielen seiner Werke setzte sich Hawthorne darin allegorisch mit Moral und Geschichte der Puritaner auseinander. 1853 wurde er von Präsident Franklin Pierce, mit dem er gemeinsam am Bowdoin College studiert hatte, zum US-Konsul in Liverpool ernannt. Nach einigen Jahren in England und Italien kehrte er 1860 nach Amerika zurück. Hawthorne starb am 19. Mai 1864 in Plymouth, New Hampshire.

Alexander Pechmann, geboren 1968, Autor, Herausgeber und Übersetzer, u. a. Mark Twain, Mary Shelley, Henry David Thoreau. Zuletzt bei Jung und Jung: Jerome K. Jerome, »Zwei Mann auf Pilgerfahrt« (2019)